光文社文庫

文庫書下ろし

憑《つ》きものさがし

九十九字ふしぎ屋 商い中

霜島けい

JN211699

光 文 社

この作品は光文社文庫のために書下ろされました。

目次

第一話

泣き枕

一

「あのう、すみません。もう一度お願いします。……その枕が？」

「いや、だからな。この枕が」

皐月《さつき》に入って間もないその日、九十九字屋《つくもじや》にやってきたのはまだ若い職人風の男だった。板の間の縁に尻を引っかけるように腰を下ろしたまま、首にかけた手拭いでしきりに額の汗を拭っている。仲夏となってこの数日はずいぶんと蒸し暑いが、どうやら男のそれは冷や汗だ。よく見れば顔色も悪い。目の下には隈《くま》もできていて、見るからに窶《やつ》れた様子である。

折悪《おりあ》しく、店主の冬吾《とうご》は外出して不在であった。相手にそう告げて、奥の六畳間で待っていてもらおうと考えたるいだが、男は首を振ると手にしていた風呂敷包みを板の間に置き、自分もそこに腰掛けた。金はいらないから、これを今すぐ引き取ってほしいと言う。あたしは奉公人で店番をしているだけなので困りますと言ったところで、ともかく話を聞いてくれの一点張り。せかせかと包みを解きはじめたから、るいは仕方なく、男の傍らに膝を揃えて座った。

風呂敷から出てきたのは、枕だった。枕は普通、台の部分になる木製の箱枕と、頭をのせる布製の括《くく》り枕、それを紐で固定して一対となる。男が持ってきたのは、筒状の括り枕のほうである。

しかし、一見しただけではただの枕だ。これがどうしたのかと、るいは首を捻《ひね》る。相手の様子からどんな怖ろしげな物が出てくるのかと思ったから、ちょっと拍子抜けした。

だが男は、さも気味悪そうに手元の枕を睨《にら》むと、

「十日ばかり前に、こいつを古道具屋から買ったんだ。値のわりにゃ傷んでもいねえし、良い買い物だと思ったんだよ。ところが二、三日もして、こっちがぐっすり寝ていた夜中のことだ。こいつが、この枕が――」

そこで男はぶるっと身を震わせた。

「な、泣きやがったんだ」

「え……」

るいは目を丸くした。

泣く？

(枕が泣く、ええと泣くってつまり……どういうこと？)

普通は泣かないわよね、だって枕だもの。そう思って聞き返すと、男は「だからこの枕が泣くんだ」と繰り返してから、肩を落とした。

「こんなことを言っても信じちゃもらえねえだろうが、本当なんだ。嘘じゃねえ」

「あ、はい。世の中にはそういうこともありますよね」

るいは慌てて言った。男の言葉を嘘だときめつけるつもりはない。見た目には実直そうな相手だし、他人をからかうにしても、ものが枕じゃ本人が間が抜けている。何より、嘘やひやかしでこの店に来る客はいないはずだ。

そりゃまあ、少し吃驚《びっくり》はした。何しろ枕だ。

でも、

(うちのお父っつぁんに比べればねえ)

我が身を振り返って、るいは深くうなずいた。いいじゃないか、枕が泣くくらい。たいしたことじゃないわよ。

「それで、どんなふうに泣くんですか？　どこかから涙が出るとか……」

だとしたら、枕の布地がぐしょぐしょと湿ってさぞ寝心地が悪いだろう。

しかし男は首を振って、泣き声だけだと言った。

「耳元で泣き声がしやがるんだ。思わず飛び起きて、それがこの枕から聞こえるってわかった時にゃ、ぞっとしたぜ」

その晩はもう寝るどころではなく、朝までまんじりともせずに過ごした。しかし明るくなってから思い返すと、おかしな夢でも見たか、ただ寝ぼけていただけではないかという気になったという。

「それで試しに、次の晩もこの枕で寝てみた。そうしたら」

「また泣き声がしたんですね」

「ああ」

枕を買った店に苦情を言いに行ったが、冗談じゃない言いがかりもたいがいにしろと、けんもほろろに追い返された。そんな時にかぎって枕はうんともすんとも声を出さないものだから、男のほうが分が悪い。仕方なく家に持ち帰ったが、気味が悪くて仕方がない。いっそ捨てちまおうかと思ったが、それも後々障《さわ》りがありそうで怖い。それでこの店に来たのだと、男は言った。

「ここはそういうワケありの品を引き取ってくれるって聞いたんでな。いや、さっきも言ったが、こいつを引き取ってもらえるなら金はいらねえ。とにかく、こいつがいつ泣き出すかと思うと、こっちは生きた心地がしねえんだ。仕事にもならねえし夜もおちおち眠れねえんじゃ、身体がまいっちまう。だから頼むぜ。な、このとおりだ」

拝まれても困る。

「お話はわかりました。けど、あたしは本当にただの店番なので、お客様から勝手に品物を受け取るわけには……あ、あの、枕を買ったのはどちらの古道具屋ですか？　それと、この店にいらしたのは、どなたかのご紹介でっ？」

風呂敷を懐に突っ込み腰を浮かせて今にも立ち去ってしまいそうな男を、るいは慌てて引き留める。店の主が戻るまで何とか間をもたさなければと、思いつく端《はし》から男に訊いていると、目の隅を一瞬、人の姿がよぎった。

（冬吾様……？）

そうではないと、すぐにわかった。人影は男だが、いつの間にやら奥の六畳間にぼうっと立って、こちらを見ていたのだ。

二十歳をひとつふたつ越えたくらいの、町人の男だ。派手ではないが、そこそこ仕立ての良いなりをしている。どこかの商家の息子だろうか。

どうしてこんなところにいるのかしらと、るいは首をかしげた。

（どう見ても死んでるわよねえ、この人）

つまり幽霊である。

死者の姿も生きている者と同じようにハッキリと見えてしまうるいだが、少なくとも生きてぴんぴんしている人間が、前触れもなくいきなり店の奥に突っ立っているわけがない。目の前の客を見れば案の定、奥の人影には気づいていないようだ。

さて、どうしたものだろう。

（もしかしたら、この枕に何か縁《えん》のある人なのかも）

そんなことを考えながらちらちら見ていたら、相手と目があった。とたん、男の霊はハッと驚いた顔をして、こちらが息をひとつするうちに、まるで煙を吹き散らしたみたいに姿を消してしまった。

「あ……」

思わず声をあげて、るいは口を押さえた。客である男が、怪訝《けげん》な顔をする。

「どうかしたかい？」

「い、いいえ、ええと……それで、泣き声は男の人ですか。それとも女の人？」

「さあ、どっちかわからねえなあ」

「恨みがましくすすり泣くとか、シクシクと寂しげに泣くとか」

なんとなく、枕ならそういう陰に籠もった感じかと思ったのだが、

「そんな可愛いもんじゃねえよ」

男はげんなりと首を振った。

「大声でぎゃんぎゃん泣き喚きやがるんだ。耳元でやられちゃ、とても寝てなぞいられねえ」

「え、枕が大声で、ぎゃんぎゃん？」

「隣の家のガキが生まれたばかりの頃、そっくり同じように大泣きしてやがったっけ。なんてったかな、ほら……そうそう、まるで火がついたみてえにだ」

（それって……）

まさかと、るいはぎょっとする。

男は手拭いでまた汗を拭うと、るいにうなずいて見せた。

「間違いねえ。赤ん坊の泣き声だ」

——よろず不思議、承り候

その謳《うた》い文句のとおり、深川北六間堀町《ふかがわきたろっけんぼりまち》にある九十九字屋は、『不思議』を売り買いする店である。

一口に『不思議』と言っても様々あるが、九十九字屋が商品として扱うのは客が持ち込むあやかし絡みの事件と、いわゆるいわくつきの器物や絵画、刀剣といったあやかし絡みの品々だ。

事件のほうは依頼人から金をとって、助言するなり、解決できるものは解決する。品物のほうは、買い取ってのちに珍品に目がない好事家《こうずか》連中に売りつける。しかし世にあやかしに悩まされる人間がわんさかいるというのでもないから、そう頻繁に客の出入りがあるわけではない。九十九字屋のただ一人の奉公人であるるいが、店番をしていて暇を持てあますほどだ。これで商売が成り立つのかと首をかしげたくなるが、まあ店がつぶれていないところをみると、なんとかなっているのだろう。

店に出入りする客が少ないのには、もうひとつ理由がある。

堀端から角を曲がった路地奥というわかりにくい場所のせいばかりではなく、店主の冬吾が言うには、あやかしに縁のない人間には九十九字屋は見えないらしい。看板が目に入らないどころか、店の存在自体に気づかず素通りしていくというのだ。

るい自身は端《はな》からこの店が見えていたので、そんな奇妙なことがあるのかしらと思う。でも考えてみれば幽霊にしたって、そこにいるのに見えない人間がほとんどなのだから、そういう『不思議』もあるのかもしれないと納得した。ともかく用のない者は店に寄りつかないから、嘘やひやかしだけの客はやって来ようはずもない。

るいはこの春から奉公人として、九十九字屋で働きはじめた。歳は十五、二親《ふたおや》はすでに亡いから、一応、天涯孤独の身の上ということになる。――この一応というのが実は曲者《くせもの》なのだが、それはさておき。

るいが雑用やら店番やら、時には店の主《あるじ》を手伝って事件の解決に走り回ったりしながら、ひと月と少しが過ぎた、この日。

九十九字屋に持ち込まれたのは、赤ん坊の声で泣く枕という、いわくつきにしてもほどがあるシロモノであった。

「――それで結局、押しつけられたわけか」

店に戻ってきた冬吾は、留守の間の出来事を聞き、奥の間に置かれた枕を見て、さも嫌そうな顔をした。

「客が来たら、私が帰るまで待たせておけと言っただろう」

「それならもっと早くに帰ってきてください」

冷ました麦湯を湯呑みに注いで六畳間に運びながら、るいは恨めしげに言った。

枕の持ち主は泣き声云々《うんぬん》の会話のあと、これ以上は係わりたくないとばかりに名前も名乗らぬまま逃げるように帰ってしまった。結果的に冬吾の言うとおり品物をこちらが押しつけられたかたちになったわけだが、そこを咎《とが》められるのは少々理不尽な気がする。

冬吾が戻ったのは客が立ち去ってから一刻以上も経《た》ってからで、それでは今日の客でなくとも、引き留めておくのは無理というものだ。

(外出って言ったって、どうせその辺をぶらぶらしているだけなんだから)

心の中でこっそり呟いただけなのに、まるでそれを見透かしたように、冬吾は口をつけた湯呑みの縁から彼女を睨んだ。

「待つのが無理なら、品物を持ってもう一度出直すように相手に言え。何のための店番だ。役立たずはうちには必要ないぞ」

「……申し訳ありません」

この人のこういう物言いにもたいがい慣れたわね、とるいは思う。初めの頃はつけつけと言われるたびに癪《しゃく》にさわったりもしたけれど、最近はたいして気にならなくなった。

愛想《あいそ》なし。突《つ》っ慳貪《けんどん》。威張《いば》りんぼ。でも悪い人じゃない。

大目に見て、変わり者ということにしておこうか。

お盆を持ったまま冬吾の前に座って、るいは小さく口元を緩めた。

九十九字屋の店主は、年齢はおそらく三十かそこらと思われる。目鬘《めかずら》のように顔半分が隠れるような黒縁の眼鏡《めがね》をかけており、月代《さかやき》を剃らずに伸ばした髪を後ろでひとつに括って、前髪はぼさっと額に垂れている。そんなわけで、顔も表情もよく見えない。

性格はといえば、彼をよく知る者に言わせると「根っこの根っこの根っこのところでは、情のある男」で、「優しさや気遣いの方向が見当違い」ということになるらしい。

他人からすれば、外見も中身もなんだかよくわからない人間だろう。だから冬吾が威張りんぼだとか、でも確かに気遣いも優しさもその言葉の裏にあると感じる自分は、他人よりも少しだけこの人のことをよく知っているんだと、るいは思う。

冬吾は湯呑みを置いて、しげしげと畳の上の枕を見た。首をかしげて、眼鏡を外した。そうすると思いの外《ほか》、端正な顔があらわれる。きりりと目尻があがり、鼻筋も涼やかに通っていて、これで身なりを整えて美男子っぷりを磨けば、さぞや人目を引くに違いない。

（もったいないなあ）

るいはそう思うが、冬吾本人はおのれの容姿については、まったくどうでもいいらしい。

ちなみに彼は遠目でも近目でもない。裸眼だと鬱陶《うっとう》しいほどあやかしが見えるとかで、眼鏡はそれを緩和するためにかけているのだという。眼鏡の玉と、あやかしや幽霊の見える見えないの関係がるいにはいまひとつわからないのだが、自分の目のつくりがそうなっているのだと冬吾がやっぱり威張って言うから、そういうものだと納得するしかなかった。

冬吾はふと枕から視線をあげて、顔をしかめた。

「何だ、ニヤニヤと」

「ニ、ニヤニヤなんてしていません」

るいは慌てて自分の頬を両手で軽くはたいた。

「冬吾様、何か見えました？」

「ふむ。見えるような、見えないような」

冬吾は眼鏡をかけると、おまえはどうだと顎《あご》をしゃくった。

「うーん」

るいは枕を凝視する。

「ぽやぽやした影みたいなモノ……、でもかたちがハッキリしません」

小さな影がぼんやりと枕の輪郭に重なっているのは、わかる。何かがいるのは確かだが、それが何かまではわからない。

「赤ん坊の泣き声ということは、やっぱりこの枕には赤ん坊の霊が憑《つ》いているということでしょうか？」

だけど幽霊なら、あたしにはもっとちゃんとわかるはずだし……と、首をかしげつつ、見えないことにるいは少し安堵《あんど》していた。だって赤ん坊の幽霊なんて、見たいものじゃない。子供の霊は可哀想《かわいそう》なものだが、生まれてすぐの乳飲《ちの》み子《ご》ならばなおさらだ。

「赤児の声で泣くものが、必ず赤児とはかぎらん。悪意や邪念は感じないから、人を害する危険なモノではないようだが」

「そういうのもわかるんですか？」

「霊を目で見ているだけのおまえには、わからんだろうな」

それはすみませんね、だ。

目で見ているだけというのはよく言われることだが、では冬吾にはあやかしはどんなふうに見えているのだろう。それとも、見ている、というのとは違うのだろうか。

(生きた人間だって、見た目は普通でも嫌な感じのする人はいるわよね。それと似たようなことかしら)

それにしたって、その冬吾にも枕の正体は判然としないのだから、

「じゃ、これ、何なんでしょう」

答える代わりに、店主はふんと素っ気なく鼻を鳴らした。

「この枕のいわくは？」

「あ、はい」

るいは、今日の客から聞きだしたことを話した。

枕を買ったのは、深川伊勢崎町《いせざきちよう》の古道具屋からだということ。泣き声のせいで長屋の他の住人たちから奇異な目で見られている——独り身の男の家から赤ん坊の声がするのだから、当然だ——こと。思いあまって大家に打ち明けると、最初は頭がどうかしたのかという顔をされたが、折よく枕が泣きだしたので相手は肝《きも》を潰《つぶ》し、このような奇怪なシロモノに詳しい数寄者《すきしや》も世間にいるにはいるから、そちらに持って行って相談しろと言われたこと、等々。

「それで、大家さんの伝手《つて》で枕を持ち込んだ先が、波田屋《はたや》さんだったそうです」

るいは九十九字屋の常連客の名をあげた。

「とすると、その男にここを紹介したのも波田屋だな」

やれやれという冬吾の口調だ。

先だっても、波田屋の紹介だという客の依頼を受けて解決したばかりである。鶯笛《うぐいすぶえ》にまつわる謎を追ったら最後は大捕物に化けた、津田屋《つだや》変事の一件だ。

「はい。ご自分の嗜好《しこう》とは違うので、九十九字屋で引き取ってもらうのがよいと波田屋さんは仰《おつしや》ったそうで」

「波田屋も、客を増やしてくれるのはありがたいが、面倒まで増やしてもらってはかなわん」

ぼやいているのがおかしくて、るいはうっかり緩んだ口元を手で押さえた。波田屋甚《じん》兵衛《べえ》にはまだ面識はないが、普段の冬吾の口振りからそこそこ親しいつきあいであることはわかる。裕福なお店《たな》の御主人らしいが、あやかしの憑いた品など収集しているのだからやはり変わり者で、九十九字屋の店主と気が合うのだろう。

「波田屋さんは、枕には興味がなかったんですね」

「枕が問題ならいいが」

え、とるいが首をかしげると、

「壺だろうが絵だろうが、泣き喚くモノを手元に置きたいと買い手が思うかどうかだ」

冬吾は不機嫌に言う。「こっちは、趣味でいわくつきの品を集めているわけではない。商売をしているんだ。たとえ元値がタダだろうと、商品として売りにならない品を持ち込まれても困る」

つまり赤ん坊の声で泣く枕というのは、通好みの一品ではないということらしい。

どんな店でも、買い手のつかない商品ほど厄介な物はない。九十九字屋で働く前の、奉公先での経験からもそれはわかっていたので、るいは肩をすぼめた。

（やっぱり、今日の人にはもう一度出直して来てもらえばよかったわ）

店番だって奉公人としてきちんとこなさなければならない仕事なのに、相手の押しに負けてしまったせいで……と、反省する。

「すみません、冬吾様。あたし、これからはもっと押しの強い人間になるように努力します。お客様を遠慮なくガンガン押し切ることができるくらい」

冬吾は一寸《ちょっと》押し黙ってから、「そのことは、もういい」とぼそっと言った。

「でも」

「それ以上向こう意気が強くなられても困る」

「ええっ」

「今回のことは私にも非がある。品を見る目も、人を見る目もないおまえに店を預けて、外出したのだからな。こういうことがあっても、おかしくはない」

ずいぶんひっかかる言い方だが、慰《なぐさ》めてくれたのだととっておく。

そうだ、とるいは身を乗り出した。

「この枕、何が憑いているのかがわかれば、泣かないようにする手だてもあるんじゃないでしょうか。それなら、売れるかも」

「泣かなければただの枕だ。もう一度古道具屋に売ったほうが早い」

「う。そうですね」

（でもこれ、本当に泣くのかしら）

ここまできて今さらだが、そんなことを思って、るいはじっと枕を見つめた。

るい自身は、まだ泣き声を聞いていない。なので、男の切羽詰まった困り顔を見た時にも、実はあまりピンとこなかったのだ。

（ちょっと聞いてみたい気も、するわねえ）

ところでそう思ったのは、るいだけではなかったらしい。

「あ」

と声をあげたのは、枕から目を離したとたん、冬吾の背後の壁がぞぞっと波打ったのが見えたからだ。

壁から、それと同じ色をした腕が一本、にゅっと突き出た。と思ったら、冬吾の脇をかすめ、枕めがけてスルスルと伸びた。が、惜しいことに枕まであと少しというところで、指が空《くう》を摑《つか》む。腕の長さも六尺あたりが限界のようだ。

「……くそ、届かねえ」

手を握ったり開いたりしながら、壁が口惜しそうに言った。

「何してんのよ、お父っつぁん」と、るいは呆《あき》れる。

「枕が泣く泣く言うから、さっきからこうして待ってるのによ。うんともすんとも言やしねえ。ちょいと転がしてみたら、泣き出すんじゃねえかと思ってな」

「余計なことしないで。さっきって、いつからいたのよ？」

「おめえが店主の顔を見てニヤニヤしていたあたりだな」

「だ、だからニヤニヤしてないってば」

「ふん。何が余計なことだ。おめえだって、『この枕、どんなふうに泣くのかしら？』てな顔をしていやがったくせに」

「そんなこと……ちょっと思ったけど」

「ほらみろ」

「作蔵《さくぞう》」と、冬吾がむっつりと父娘の会話に割り込んだ。入り口のほうを顎で示して、

「店の中だろうと、気安く姿を見せるな。今この時にも、誰かが入ってきたらどうする」

「けっ、誰が来るってんだよ。今日も一人来ただけで、この店じゃ閑古鳥も欠伸《あくび》をしてやがら。ごたいそうな口をききやがって、てめえに呼び捨てにされるいわれはねえぞ。

いつからそんなに偉くなりやがった」

「最初からだ。私はこの店の主人だからな」

「俺はてめえに雇われたわけじゃねえ」

「つまりは居候《いそうろう》だ。もっと悪い」

「かーっ、小せぇことを言いやがって。誰のおかげで蔵の中の物が無事だと思ってやがる。俺が鼠《ねずみ》と盗人《ぬすっと》を追い払ってやってるからじゃねえか」

またも壁の表面がぞぞっと動いて、漆喰《しっくい》を鏝《こて》で盛り上げたように、中年の男の顔がそこに浮かび上がった。腕を壁の中に引き戻すと、冬吾に向かって盛大にしかめっ面をする。

壁に顔があらわれて、腕が出てくる——時には足も出す——のだから、どこからどう見ても、化け物だ。

そう、るいの父親の作蔵は、妖怪『ぬりかべ』である。

生きている間は人間だったが、るいが十二の年の冬、凍った夜道で足を滑らせ、そばの壁に頭をぶつけてポックリ逝《い》ってしまった。ところが葬式がすんで数日が経ち、寄る辺のない寂しさと不安でるいが一人で泣いていると、いきなり壁から作蔵の顔があらわれて声をかけてきたのだから仰天《ぎょうてん》した。父親が妖怪になって戻ってきたら、驚くなというほうが無理というものだ。

きっと頭を打った時、はずみでお父っつぁんの魂はつるりと壁に入り込んでしまったに違いないと、るいは思う。もともと左官で壁を塗るのが仕事だったけど、だからって自分が『ぬりかべ』になることはないだろうに。以来、作蔵は壁のある場所ならどこにでも顔を出すようになった。

ともあれ、作蔵が死んでも天涯孤独にはならなかったるいだが、おかげでいらん苦労を背負い込むことになった。父親が化け物であることが知れて、以前の奉公先を二度も追い出される羽目になったからである。

だから、

「鼠を追い払っているのではなく、鼠のほうで勝手に寄りつかないだけだろう。盗人にいたっては、まだ一度もお目見えしていないようだが」

「おうおう、文句あるのかい。居候ってなぁ、他人の家に住みついてタダ飯食らってる奴のことを言うんでぇ。こちとら、飯もいらなきゃ布団もいらねえ、てめえんとこの蔵の壁にちんまりといるだけで、迷惑のひとつもかけちゃいねえや」

ぽんぽんと遣り合う二人はそこそこ気があっているようで、ありがたい。江戸広しといえど、妖怪の父親こみで雇ってくれる店などここ以外ないだろうから、るいは幸運だったといえる。たとえ扱う品があやかし絡みで、店主がちょいとひねくれた変わり者だとしてもだ。

ちなみに作蔵は、普段は店の蔵の壁を居場所にしている。がっしりしていて丁寧に塗ってあるのが「職人の心意気を感じる」とかで、気に入ったらしい。

「あ、そうだ」

冬吾に伝え忘れていたことがあったのを、るいは思い出した。客がいる間にあらわれた幽霊のことだ。

「町人の男の霊だと？」

話を聞いて、冬吾は枕に目を落とす。

「ちょうどこの辺に立っていました」

るいは自分たちがいる六畳間の隅を指差した。

「これと縁のある者か……？」

「あたしもそうかなと思うんですけど、何しろあっという間に消えてしまったので」

「まったく――」

店主が言いかけるのを引き取って、るいはぺこんと頭を下げた。

「はい、役立たずですね。すみません」

「次に見かけたら、逃げられる前に捕まえておけ」と、冬吾はむっつりと言った。

「それで結局どうすんだ、こいつをよぉ」作蔵の声は明らかに面白がっている。

どうもこうもないと、冬吾は首を振った。「これに憑いているモノの正体がわからなければ、蔵にしまうこともできん」

「そうなんですか？」

「モノによって保管の仕方が違うからな。他の品との相性もあるから、蔵の中の置き場所にも気を配らねばならない」

あやかしの憑いたモノというのは、扱いもいろいろ手間があるらしい。

蔵の管理は冬吾がしているので、るいはまだ蔵の中を見たことがない。虫干しの時なんかは大変そうね、と思った。

(あやかしって手がかかるわねえ)

あたしもお父っつぁん絡みの苦労は身に沁《し》みているけれど、とるいはため息をつく。

ともあれ、正体の知れない品は売ることも蔵に入れることもかなわないということは、ひとつ覚えた。この先この店で長く働くつもりなら、きちんと心に留めておかなければならないことがまだまだたくさんありそうだ。

当面の間、枕は封印して座敷に置いておくことになった。冬吾が納戸《なんど》から手頃な空き箱を持ってきたのを見て、るいは思いついて台所に木炭のかけらを取りにいった。布で包んで箱の中に入れると、なんだそれはと冬吾が訊く。

「炭は湿気を吸うから、こうしておくとお煎餅《せんべい》なんかもいつまでもパリパリなんです。これからの時期は雨が多いから、布だと湿気っちゃうかもしれないし。黴《かび》たりしたら可哀想じゃないですか」

「何が可哀想なんだ？」

「枕の中身です」

モノの正体が何であろうと、黴が生えるのはイヤに違いない。病気になったら困るだろうし。

それを聞いた冬吾は何とも言えない顔をして、実際、それ以上は何とも言わなかった。なんでえ、と声をあげたのは作蔵である。

「俺が寺に閉じこめられて湿気て黴そうだった時には、知らん顔してやがったくせに。枕にゃ優しいじゃねえか」

「つまんないことで、すねないでよ。お父っつぁんは漆喰じゃない。枕やお煎餅とは、わけが違うわよ」

「けっ」

ところが、冬吾が枕を収めた箱の蓋を閉めた時である。

ぎゃあ、と箱の中から声が聞こえた。

「え？」とその場にいた者が首をかしげる間もあらばこそ、次にはそれこそ火のついたような泣き声となって、座敷に響き渡った。

ふぎゃ、ふぎゃあ、ふんぎゃあああぁん――――！

「うわ、泣きだしやがった。なんてぇ声だ」

作蔵の顔が壁の表からさっと消える。

「ちょっと、お父っつぁん、ずるい。逃げる気!?」思わず両手で耳をふさぎながら、るいは座敷の壁を睨んだ。

「さっきは泣くとこが見たいって言ってたくせに」

だけどここまでけたたましいとは、るいも思ってはいなかった。なるほどこれは、大声でぎゃんぎゃん、だ。

「おっと、思い出したが俺ぁ、泣き喚《わめ》くガキは苦手だった」

「知ってるわよ、それであたしン時も子育てをおっ母さんに押しつけたんでしょ！

——それよりこれ、泣き喚く子供じゃなくて枕だってば」

同じこったと、天井あたりから作蔵の声がした。本当に逃げを決め込んだようだ。壁でなければ、腰が引けて後退《あとじさ》っていただろう。

「確かに赤児の声だな」

冬吾は舌打ちして蓋を開け、中をのぞき込む。もしや木炭がいけなかったのかと、るいは慌てて箱に手を突っ込んで布に包んだ炭を取りだしたが、泣き声はいっこうに止む気配はない。本物の赤ん坊と違うのは、枕は身を捩《よじ》ったり反《そ》っくり返ったりということなく、箱の中にころんと動かずに転がったままということだった。

「ど、どうして急に泣きだしたんでしょう？」

そんなことは知るかと冬吾は唸って、もう一度箱に蓋をした。とたん、ぎゃあぁと声はいっそう大きくなった。

「もしかすると、箱に閉じこめられるのが嫌だとか……ほら、蓋をすると真っ暗になるから怖いのかも」

「あやかしがか」

冬吾は呆れたように言いながらも、蓋を横に置いた。

「それでこれは、どうやったら泣き止むんだ？」

泣き止まなかった。

抱き上げたり揺すったり、果ては子守唄を歌って聞かせたりと思いつくかぎりのことをやってみたが、枕はぎゃんぎゃんと元気に泣きつづける。ようやく泣き疲れたのか静かになったのは、それから半刻近くも経ってのことだった——。

二

「捨ててこい」

翌朝、るいが店に入ると、店主は開口一番にそう言った。

住み込みといっても、九十九字屋に奉公人が寝起きするための部屋はない。敷地に蔵などあるわりに店自体は小ぢんまりとしたもので、一階は客を迎える座敷と板の間、二階の二間が冬吾の住居となっている。

るいが寝起きしているのは、冬吾が店とは別に主を兼ねている箕屋《かけいや》という旅籠《はたご》、その女中部屋だ。それだと半ば通いのようなものだが、堀をはさんで九十九字屋は目と鼻の先だし、三畳の部屋も今のところ一人で使わせてもらっているし、食事も旅籠の賄《まかな》いがあるからるいとしては大助かりだ。

箕屋はもともと、遠方から店に来る客を泊めるための宿だったというが、それ以外の客ももちろん泊めている。というより、店に来る客の数を考えれば、いわくつきと関係のない泊まり客のほうがよほど多い。兼業となると主人は多忙をきわめていそうなものだが、実際には宿の経営は雇《やと》い人にまかせきり、冬吾本人はのんびりと飯を食いに顔を出すくらいのものである。もしやよほどのお大尽《だいじん》で、だから店に客の出入りがさほどなくてもやっていけるのかしらと、るいは思ったりもするのだが、奉公人の分際で立ち入ったことをあれこれ訊くのもためらわれた。ともかく、九十九字屋の主人が謎多き人物であることは間違いない。

「あ、おはようございます、冬吾様」

るいが店の表戸を開けていると、冬吾が二階から下りてきた。いつもはもっと遅い時刻に起きて、ぶらりと外に行くのでなければ自分の部屋に籠もっていることが多いから、こんな早くに顔を合わせるのは珍しい。内心で首をかしげたるいだが、いきなり「捨てこい」と言われて、本当に首をかしげることになった。

「何をですか？」

「決まっているだろう。あの枕だ」

「ええっ、あの枕を捨てるんですか？　捨て子じゃなくて、捨て枕ですか!?」

なんだそれはと、たちまち冬吾は嫌な顔をする。

「本当に捨てるんですか？　もしそれを誰かが拾って大騒ぎになって、噂が噂を呼んで誰が捨てたのかってことになったら、すぐにうちだってわかりますよ。昨日のお客さんや波田屋さんだって、知ってるんですから。それで読売にでも書きたてられて、この店が有名になるのはいいですけれど、あやかしの憑いた品を平気でその辺に捨ててるような店だと世間様に風評が立ったら、一体どうするんです!?」

「……もういい。言ってみただけだ」

冬吾はいかにもげっそりとした様子で、るいに手を打ち振った。座敷を一瞥《いちべつ》し、板の間に腰を下ろす。視線の先、座敷の隅には夜具や着物が無造作に積み重ねられて、こんもりと山になっていた。どうやら枕は、その下に埋もれているらしい。

一目見て、るいは、ははぁと思った。

「もしかして、枕が夜に泣きだしたとか」

「夜中に二度、三度とな。とても眠れたものじゃなかった」

思いあまって夜具など被せてみたが、効果はなかったということだろう。

冬吾はぼさっとした髪に指を突っ込んで、搔《か》き回した。どうやら早起きではなく、端から寝ていなかったようなので、いつもに輪をかけて不機嫌なのも道理だ。

「今夜から宿のほうで寝ることにする。毎度これでは、たまらん」

「はあ」

「こうなったら、枕に憑いているモノが何なのかを一刻も早くつきとめるしかない。おまえが言ったように、正体がわかれば泣き声を封じる手だてもあるかもしれん」

枕の夜泣きがよほどこたえたらしい。最早、商品として売れる売れないは二の次だ。

責任の一端は自分にもあるので、どうしたものかとるいは眉を寄せて思案した。

すぐに、「そうだ」と手を打ち合わせる。

「あたし、枕を売っていた古道具屋さんに行って、話を聞いてきます。そうすれば、もっと詳しいことがわかるかも」

もとの持ち主が誰なのかとか、どういう経緯で枕を買い取ったのかとか。

襷《たすき》を解いてすぐにも飛び出して行きそうなるいを、冬吾は手で制した。

「伊勢崎町の店だったな。私が行ってくる」

「え、でも……」

「おまえが行って、まともに取り合ってもらえるとも思えん。昨日の男同様、商売の邪魔だと追い返されるだけだ」

う、と言葉に詰まったるいを尻目に、冬吾は立ち上がると、雪駄《せった》をつっかけた。

「今度は私のいない間に余計なモノを引き取るなよ」

ふんと鼻を鳴らした店主の背中に、るいはこっそりと口を尖《とが》らせる。が、冬吾がいきなり振り返ったので、慌てて真顔になった。

「おそらく、赤児だ」

「え？」

冬吾の言葉に、るいは目を丸くした。

「枕に憑いているのは、十中八九、赤児の霊だろう。——昨日、ナツが言っていた。あの枕からは、人外の化け物の匂いはしないと」

「ナツさんが？」

使用人ではなく、ましてや冬吾の連れあいでもないのに、時々店に姿をあらわす女性の名が出てきたことで、るいはいっそう目を瞠《みは》る。

(昨日って、店仕舞いをしてあたしが筧屋に帰ったあとってことよねえ)

いやいや、いつ誰がここへ来ようが、たとえそれが冬吾の顔馴染《かおなじ》みで絵から抜け出たような美女だろうが、るいがひっかかるべきはその点ではなく。

(匂いがしない……化け物の匂いがしないって、どういう意味かしら)

まさか、くんくん嗅《か》げばわかるのだろうか？

「でも、幽霊なら冬吾様やあたしに姿が見えないのはヘンです」

「だから、その理由を調べなければならないということだ」

正体がわからないことにかわりはないと苛立《いらだ》ったように言って、冬吾はまた背を向け、店を出て行った。

足早に表の通りへと遠ざかるその姿を戸口から見送って、るいはため息をつく。寝不足で不機嫌なのはわかったけど、あれでは取りつくしまもない。

(あんなにさっさと歩いたら、店が開く前に伊勢崎町に着いちゃうわよ)

先に自分が走って飛び出そうとしたことは棚に上げて、そんなことを思いながら、るいはもう一度襷を掛け直した。さて、掃除をしなくっちゃ。

気を取り直して戸口から店の中を振り返ったとたん、るいはぽかんと口を開けた。たった今まで誰もいなかったはずの座敷に、人がいた。くつろいだ格好で畳に座っていた女が、るいを見てニコリと笑った。

「ナツさん!?」

たった今会話に出たばかりの女性が目の前にいるのを見て、「ああ驚いた」と、るいは思わず口にする。

ナツはくっくっと柔らかく喉を鳴らした。柄の大きな三つ鱗の着物に、櫛を無造作に挿した洗い髪姿。薄化粧の口元の紅は玉虫色に輝き、しどけなく崩した座り方にも粋が匂い立つようだ。

「何をそんなに驚くのさ」

「だって」

どうしてそこにいるのかとか、いつの間にいたのかとか、誰かがいた気配なんて全然なかったのに、とるいは一瞬でぐるぐると思う。

(二階にいたのかしら。そうすると、あたしが来るまで冬吾様と一緒に部屋にいたということ……)

いやいやいや、それを口に出すのは野暮というものじゃ……。

「勝手口から入ったんだけど、声をかけなくて悪かったね。昨夜はあたしが帰ったあと、たいそうな騒ぎだったみたいじゃないか」

また喉を鳴らすようにして、ナツは笑う。思っていたことを見透かされた気がして、るいは赤くなった。

「あ、そそそうですか」

考えてみれば二階にいたって、るいが冬吾を送り出すほんのちょっとの間にこちらに気づかれずに階段を下りてくるなんて、無理なことだ。裏から入ってきたのなら、まだしもだけど。

(まあ、いいか)

ナツさんは、いつもパッと目の前に出てくるような、不思議なあらわれ方をする。いなくなる時だって、まるでその場から消えるみたいだ。だけどと、るいは胸の内でうなずく。どうせこの店で、あの店主なのだ。今さら不思議のひとつやふたつ増えたところで、気にすることもないだろう。

それより訊きたいことがある。

ナツが座敷の隅の夜具や着物をどけて枕を拾い上げたのを見て、るいは履物を脱ぎ捨て、膝をついたまま彼女のそばに寄った。

「あの……この枕に憑いているモノは化け物の匂いがしないって、どういう意味ですか？」

「言葉どおりさ。そんな匂いがしないんだよ」

「化け物って、匂いがするんですか？　どんな匂いなんですか？」

好奇心の塊の子供みたいに身を乗り出したるいを、おかしそうに見やって、ナツは枕を膝に乗せた。まるで子供をあやすように。

「そりゃ、人ではないモノの匂いだよ」

「ナツさんにはそれがわかるんですか？」

「どうだろうねえ」

はぐらかされたような気がして、るいは目を瞬《また》かせた。

ナツは、今度は声をあげずにふふっと口元だけで笑った。

「じゃあ、言い方を変えようか。一度でも子を産んでいれば、これが赤ん坊だってことはなんとなくわかるさ」

え、とるいは思わず聞き返す。

「ナツさん、お子さんがいるんですか⁉」

そういえばこの人、歳は幾つくらいだろう。酸いも甘いも嚙み分けた芯の太さを感じさせるが、それでもるいより十は離れていないだろうとも思う。美人というのは、どうも年齢がわかりづらい。

(そりゃまあ、二十歳過ぎてりゃ旦那がいて子供がいたっておかしくないけど……)

「いるにはいたよ。みんな、とっくに独り立ちしてどこかへ行っちまったけど」

「えええっ？」

いちいち反応が大袈裟《おおげさ》だと、ナツは白い歯をこぼして笑う。あっそうかと、るいは気づいた。どうも違和感があると思ったら、ナツは鉄漿《かね》で歯を黒く染めていない。夫がいる女はそうするものなのに。

（いくらなんでもそんな大きな子供がいるような大年増《おおどしま》には見えないもの。きっとあたしのこと、からかったんだわ）

ぷくっとふくれて見せてから、るいは真顔になった。

「本当にこれ、赤ん坊の霊なんですか？」

「幽霊なのに自分に姿が見えないのはヘン……てことかい？」ナツは、さっきるいが冬吾に言った言葉を口真似した。

るいは首を振った。

「そうじゃなくて……赤ん坊じゃなきゃいいなって思ってたから……」

だって、幽霊というのはもうこの世にはいない者たちだから。

病気だろうか。他の何かの理由でこうなったのか。どうでも、赤ん坊ならおっ母さんが恋しいに違いない。だからあんなふうに大声で泣くのかもしれない。

母親が流行病《はやりやまい》で死んだ時、るいは八つになっていたが、それでもおっ母さんに会いたくて恋しくて、しばらくは毎日泣いていたものだ。赤ん坊ならなおのこと、おっ母さんがそばにいなければ、不安で怖くてたまらないだろう。――と、考えるほどに可哀想で、切ない気持ちになってしまう。

ナツは目を細めてるいを見ていたが、「そうだね」と柔らかな声で言った。

「この子がこんなふうになっちまったのには、何か事情があるのだろうよ。あんたや冬吾に見えないのは確かにおかしな話だし、枕に憑くなんて普通はないことだからねえ」

そうだ、一番の問題は赤ん坊がどうして枕に憑いたりしたかだ。るいが難しい顔をすると、

「当然、訳ありだよ」ナツはうなずいた。「冬吾があんなふうに、自分で出向いていったところからしてもね」

「え……」

「もしもろくでもない、よからぬ事情だったりしたら、それを聞いたらあんたが辛《つら》いだろうとあの男は思ったんじゃないかねえ」

るいはぽかんとした。

(つまり、冬吾様は)

気を遣ってくれたのだと思い至って、思わず大きなため息をつく。

「……あともうほんの一寸だけでもわかりやすければ、ちゃんとその時にありがたいって思えるのに」

冬吾の優しさを知っていると自負していたるいだが、どうやら、まだまだである。こんなふうに、ナツに言われて後から気づかされるなんて。

(優しい時ほど、嫌味を言ったりツンケンしているんだもの。さっきだって)

「言ったろ。あの男は、気遣いの方向が見当違いなんだよ」

おかしそうに言ってから、ナツは「おや」と呟いて膝の上に目を落とした。

枕がふっと息を吸うような音をたてた。泡が弾けるみたいな小さな気配だったが、るいはぎょっとする。

(あ、泣く)

チリン。涼やかな鈴の音が響いた。

見ればどこから取りだしたのか、ナツが白い手の上で鈴を転がしている。目を丸くしたるいに、

「子守をしたことはないのかい？」

「以前に勤めたお店には、小さな子はいなかったので……」

「赤ん坊はいったん泣きだしたら止まらないけど、初めにこんなふうに気を逸《そ》らせてやれば、泣くことを忘れちまうものなんだ」

言われて目をやれば、枕は静かなままである。ふと、鈴を鳴らすナツの手を一心に見つめる小さな姿が見えた気がした。

「なんだ。じゃあ、泣きかけたらそうしてあやしてやればいいんですね」

何も泣き声を封じる手だてなんて、難しく考える必要はないじゃないか。るいはホッとしたが、

「それが案外、たいへんなのさ」ナツはやれやれと首を振った。「二六時中そばにいないと、いつ泣き出すかなんてわかりゃしない。都合よくこっちが目を配っている時にだけ赤ん坊が泣くのなら、世のおっ母さんたちの苦労はないよ」

「……そっか。そうですよね」

それならどうすればと眉を寄せたるいに、ナツは「ほら」と枕を渡した。

「え、え？」

「こうするのが一番さ」

枕を抱いて戸惑うるいの手に、持っていた鈴も握らせて、ナツはすましたものである。

「あんたが子守をしてやりゃいい。そうすりゃ、少なくとも店にいる間はずっとそばでその子を見ていられるだろ。なに、こういうことも経験のうちだ。将来あんたが子を産

んでおっ母さんになった時に、きっと役に立つよ」

「あ、あたしが……？」

あたふたしているるいを見やって、ナツは猫が目を細めるように笑った。

「まかせたよ。よぉく面倒をみてやっとくれ」


「……なんだか、自分がすごくマヌケなことをしているみたいな気がするのだけど」

雑巾掛けをする手を止めて、るいはもう何度目になるかわからないため息をついた。

「他人が見たら、きっとあたしはおつむりのいかれた女だって思われるわね」

というのも、店の中の雑事をこなしながらの子守中だ。枕から目を離すわけにはいかないので、背中におぶって紐で括りつけて、掃除をしているところである。

枕を背負った女なんて、傍《はた》から見ればさぞや滑稽《こっけい》な姿だろう。世のおっ母さんたちの子育ての苦労を知るのはやぶさかではないが……でもおっ母さんたちだって、枕をおんぶしたことはないんじゃないかしら。

今日も店を訪れる客がいないのが幸いだ。と、思ったとたんに笑い声が響いた。

「あっはっは！　なんだおめぇ、その格好はよ！」

土間の壁が笑っている。すぐににゅっと腕が突き出て、からかうようにるいを指差した。

「夜逃げか？　火事場泥棒か？　素《す》っ頓狂《とんきょう》もいいとこだぜ」

「大きな声を出さないで、お父っつぁん」るいは腰に手を当てて作蔵を睨んだ。「この子がビックリして泣きだしたら、どうすんのよ？」

「けっ、母親そっくりの口をききやがる」壁から浮き上がった顔が、しかめっ面をした。「あいつも、俺がちょいとおめえを泣かしただけで、ガミガミ言いやがってよ。おめえもおめえだ、俺が抱き上げたとたんにぎゃあぎゃあ泣きやがって。ああクソ、思い出しても面白くねえ」

「知らないわよ、そんな昔のこと」

「ふん。そんなに母親面がしたけりゃ、とっとと嫁にいってガキをこさえやがれ」

ふて腐れるのはいいが、言ってることが目茶苦茶だ。

「嫁になんかいかないわよ」るいは壁にむかって口を尖らせた。「父親がぬりかべじゃ、嫁の貰い手なんてあるわけないものね」

悪口雑言の応酬があると思いきや、作蔵はふっと黙り込んだ。

「お父っつぁん？」

「……そりゃそうだな」思いがけず、悄然《しょうぜん》とした声が返る。「俺がこんなじゃ、確かにおめえに迷惑をかけるばっかりだ。俺が化け物になっちまったせいで、おめえがこのまま人並みに幸せになれねえってんじゃあ、面目《めんぼく》ねえや」

「や、やだ、どうしたのよ、急に？」

るいは慌てた。まさかお父っつぁん、そんなことを気にしてたのかしら。いつもは何も考えてないように見えたから、こっちもうっかり憎まれ口を叩いたけど。

(どうしよう。あたし、お父っつぁんにひどいことを言っちゃったかも)

「ごめんなさい、お父っつぁん、あたしべつに本気で言ったわけじゃ――」

「おめえの重荷になるくらいなら、俺なんざいっそ消えていなくなっちまったほうがいいにきまってら」

「馬鹿なこと言わないでよ！ たとえ壁だってお父っつぁんはあたしのお父っつぁんなんだから、いないほうがいいなんて、そんなこと思うわけないじゃない！」

「……ぶっ」

「ぶ？」

いきなり作蔵が噴き出したので、るいはきょとんとした。

「ぶわっはっは！　馬鹿め、ひっかかりやがった！」

「ええ⁉」

作蔵は大口を開けて笑いながら、

「小生意気な口をききやがるからよ、ちょいとからかってやったんだ。まったく、おめえときたら単純だな。その調子で、悪い男にころりと騙《だま》されるんじゃねえぞ」

何よそれ、とるいはむくれた。やっぱりお父っつぁんは、どこまでいってもお父っつぁんだ。こっちの気持ちも知らないで。謝って損した。

「おめえみたいな跳ねっ返り、俺がいなくたって嫁の貰い手なんざあるもんかよ」

「ちょっと、自分の娘にそういうこと言う⁉」

顔を赤くして怒鳴ってから、るいはぎょっとした。背中で枕が身じろぎした――そんなわけはないのだが――気がしたのだ。

ふぎゃ、と声が聞こえた。

「うわ、泣く⁉　もう、お父っつぁんのせいだからね！」

おめえだって声がでけぇじゃねえかとぶつくさ言う作蔵にはかまわず、るいは急いで帯にはさんであった鈴を取りだした。用事の片手間でも鳴らせるように、三寸ほどの糸を結んである。その糸の端をつまんで、鈴を揺らした。

チリン、チリリンと澄んだ音が響くと、ありがたいことに枕は静かになった。しばらく鈴を振って、大丈夫もう泣き出さないとホッとしたとたん、るいの腹の虫がぐうと鳴った。

それもそのはず、もう昼時だ。冬吾は出ていったきり、まだ戻る気配はない。るいは束の間、思案してから、

「お父っつぁん、ちょいと腕を出して。両方ね」

なんだなんだと作蔵は言われたとおりにする。壁から二本の腕がにゅうと突き出したところを見計らって、るいはすばやく紐を解き、背負っていた枕と鈴を一緒にその上にのせた。

「あたし、筧屋に戻ってお昼を食べてくるから。その間、お守《も》りをお願い」

「なにぃ？　おい待て、るい！」

「じゃ、よろしくね。泣かないように、よく見てて。ちゃんと抱いててよ」

さっきの嘘の仕返しに、これくらいは許されるだろう。俺はこういうのは苦手なんだ

と弱りきる作蔵を尻目に、るいは小さく舌を出すと、店をあとにした。

「――馬鹿だねぇ、あんたも」

悪態をつきながらも、腕を突き出したまま枕が落ちないように慎重に支えている作蔵の足もとで、女の声がした。

いつの間に座敷に入ってきたのか、壁のそばに三毛猫が座っている。るいが来る以前からこの九十九字屋に居付いている猫で、いつでも好き勝手に店の中に出入りして、好きな場所で寝ている。時おり冬吾がご飯をやっているが、飼っているというのでもないようだ。

その猫が、すました風情《ふぜい》で作蔵を見上げて、しゃべった。

「自分で口をすべらせたくせに、いざ娘に言い返されたら、みっともなくうろたえるなんてさ」

なんのこったと、作蔵は壁に顔を半ば沈めるようにして唸る。

「嫁に行くとかどうとかの話さ。泣かせるねえ、親思いの娘じゃないか」

「うるせえ、よけいなお世話だ」

作蔵はむうっと口をひんまげる。

おやそうかいと、猫は前肢でくるりと顔を撫でた。「あれじゃ、あんたがちゃんと心配していることも、あの子に伝わりゃしないよ」

作蔵は束の間黙り込んでから、ため息をついた。

「……あいつも、もう十五か。ガキだガキだと思っていたのに、いつの間にかそんな歳になっていやがったんだなぁ」また、ため息をひとつ。「嫁入りの話も、まんざら冗談にならねえや」

「今から気を揉んでも仕方がないだろ。そういうのは、なるようになるものさ」

「俺がいたんじゃ、どうにもならねえ」

「珍しく気弱だね」

顔を洗う仕草をやめて、三毛猫は小首をかしげた。

「あんた、どうしてそんな化け物になっちまったんだい？」

「ンなこた、俺にもわからねえよ」

よいしょ、と作蔵は腕を動かして枕を抱きなおした。

「ただな、あの時……滑って転んで壁で頭ぁ打った時さ。目の前が真っ暗になる前に、俺ぁ思ったんだ。――るいが待ってる。るいが一人で家にいる。早く帰ってやらなきゃなんねえってな。それだけは、覚えてる」

そうかい、と猫は呟いた。

「親ってのはそういうものさ。だけどねえ、普通は心残りがありゃ成仏できずにこの世に居残るくらいだと思うけどね。なんだって壁なんだろうね」

「知るかよ。なっちまったもんは仕方がねえ」

ムキになって言って、作蔵は枕に目をやる。るいも最初に抱いた時はこんなに小さくて軽かったんだけどよ、俺は落っことすんじゃねえかって気が気じゃなくて、ガチガチにしゃっちこばっちまってよ……と独り言みたいに言った。

三毛猫は小さく笑ったようだ。

「あの娘はいい子だ。この先どういうふうになろうと、あんたの娘はお父っつぁんを恨んだりなんかしないよ」

ちょっとの間をおいて、ふんっと大きな鼻息が返った。

「そんなこた、わかってらぁ」

三

るいが昼飯をすませて店に戻ってくると、作蔵はもとの位置で枕を腕にのせたまま、ガチガチにしゃっちこばって固まっていた。いや、もとから壁なので固まっていたというのもおかしいが。

「ただいま、お父っつぁん。泣かなかった？」

「お、おう」

るいが枕を受け取って紐で自分の背中に括りつけている間に、作蔵はいかにもホッとしたように両腕をさすりさすり、引っ込めた。

「ありがと。おかげで助かった」

俺ぁ二度と御免だとぶつくさ言っている父親に笑いかけ、るいは雑巾を手に取った。お昼で中断した掃除の残りをすませてしまおう。座敷の畳を拭く。二階の冬吾の部屋には手をつけるなと言われているので、階段を丁寧に拭く。毎日こんなふうにせっせと掃除ばかりしているので、柱も床板もぴかぴかに磨きあげられていて、今のところ湯を沸かすくらいしか使っていない台所はこれ以上きれいにしてどうするというくらいだ。

(冬吾様、遅いなあ)

あんなに早くに出て行ったのに。どこかで油でも売っているのかしら。油といえばさっき見たら行灯《あんどん》用の油がずいぶん減っていた。こないだ買い足したばかりなのに。おかしいな。まるで誰かが舐《な》めちまったみたいだけど、そんなわけはないし。

雑巾を洗って裏庭に干してから、るいは空を見上げた。どんよりと曇って、今日も朝から蒸し暑い日だ。

麦湯を冷やしておこうと店に戻って、何気なく座敷に目をやったとたん、るいは「あっ」と声をあげた。

蔵に戻ったらしく作蔵の気配は消えている。代わりに人影がひとつ、座敷の隅にぼうっと立っていた。

土間に足を止めたまま、るいは目を瞬かせた。

——あの男だ。

昨日見かけた町人らしき男。の、幽霊。

(どうしよう)

声をかけてみようか。でも何て言えばいいかしら。ヘタなことを言ったり驚かせたりしたら、また消えてしまいそうだ。一度ならず二度までも逃げられたら、あたしったら今度こそ本当に役立たずだわ。

「あのう……」寸の間迷ってから、るいは思い切って口を開いた。「こんにちは。今日も蒸して暑いですね」

幽霊に暑いの寒いのというのは、関係ないような気もするけど。

俯《うつむ》いていた男が、そろりと顔をあげた。

「ええと、何かご用ですか？」

できるだけさりげなく言って、るいは相手に微笑《ほほえ》みかけた。男の目が、きゅっと焦点が絞られるように、るいをとらえる。——とたん、ぎくりと身をすくめたみたいな硬い空気が伝わった。

「あ、待って！」

男の輪郭がふうっと滲《にじ》んで薄れかけたのを見て、るいは慌てた。とっさに履物を脱ぎ捨てて、座敷に駆け上がる。が、慌てすぎてつんのめり、「きゃっ」と叫んでそのまま頭から畳に突っ込むように転んでしまった。それでも逃がしてたまるかの一念で、相手が消えるすんでのところでその着物の裾をむんずと摑んだ。

「うわっ」

まさか生きた人間に捕まるとは思っていなかったのだろう。男は仰天して後ろに飛び退《の》こうとしたが、るいがしっかりと裾を握っていたため、こちらも見事にすっころんで尻餅《しりもち》をつく羽目になった。

「なんだい、おまえは⁉」

もとの輪郭を取り戻し、男は目を白黒させる。

「それはこっちの台詞よ！」

畳に這いつくばった格好からようやくもそもそと起き上がって、るいは言い返した。

「あんた、誰？　この枕のことを何か知ってるんでしょう？　だからここに姿をあらわしたんでしょ⁉」

男はぐっと奥歯を嚙みしめるような表情をした。るいの問いかけには答えず、彼女の手を振り解こうともがいた。

相手が生身の男なら、るいの力では太刀打ちできなかったろう。しかし、ありがたいことに幽霊はひどく軽いので、男がいくら暴れようと手にした布が風にはためくくらいの抵抗しか感じなかった。

「黙《だんま》りじゃわからないわよ。あんたはどこの誰で、この枕と何の関係があるのかって、訊いてるの！　この枕に憑いているのは人間の赤ん坊だってこと、あんたも知ってるんだよね？　じゃあまさか、あんたがこの子をこんな幽霊にしちまったの？　あんたは、極悪非道の人殺しで、乳飲み子まで手にかけるような人でなしのゲス野郎のなれの果てってことなの!?」

逃げるのを諦めたのか、男は動きを止めた。るいの前に座りこんだままで、ぼそっと口を開いた。

「……ない」

「え？」

「殺しちゃ、いない」

るいはきょとんとした。それはつまり、子供を殺したのは自分じゃないってこと？

そういう意味だろうか？

しかし、聞き返すより先に、とんでもないことが起こった。

背中に括りつけてあった枕が、突然、ぎゃあああんと凄まじい大声で泣きだしたのだ。

「わあ、しまったぁ⁉」

子守のことをすっかり忘れていた。この騒ぎである。どんな赤ん坊だって、目をさまさないほうがどうかしている。

とっさに帯に挿《はさ》んだ鈴に手をやった拍子に、るいは男の着物を放してしまった。その機を逃さず、男はするりとるいから離れた。

「あ、ちょっと、待ちなさいよ！」

こっちも「しまった」だ。るいは鈴を放り出して男に手を伸ばしたが、間に合わない。瞬きひとつのうちに、男の姿は昨日と同じようにすうっと空中に溶けて消えた。

ただ、最後に吐き捨てるように一声だけ残して。

「富丸屋《とみまるや》のお染《そめ》に聞け」

るいは一瞬息をつめ、それからため息をついた。幽霊の消え失せた空間を睨んでから、畳に落ちた鈴を拾い上げた。

枕は相変わらず、盛大に泣いている。ちりちりと幾ら鈴を振っても、止まなかった。ナツの言ったとおり、泣きはじめでなければ効果はないのだ。

「驚いたよね。ごめんごめん」

括っていた紐を解いて、枕を腕に抱いて、ぽんぽんと優しく叩いてやる。以前に住んでいた長屋のおかみさんたちが、そんなふうに子供をあやしていたのを思い出したのだ。気のせいかもしれないけど、そうしてやると枕の泣き声がほんの少しだけ小さくなったように思えた。

「……結局また、逃げられちゃった」

枕をあやしながら、るいはげんなりとした気分になった。

今日こそあの男を捕まえてやろうと思ったのに。今度は捕まえておけと、冬吾に言われていたのに。もう今から、冬吾の皮肉だか嫌味だかが耳に聞こえてきそうだ。

(でも)

──富丸屋のお染に聞け。

幽霊が残した言葉を、思い返す。

「富丸屋の……お染？」

どういうことだろうと、るいは首をかしげた。

何も言いたくないわけではなかったみたいだけど、それならもっと親切に、こっちがわかるように教えてくれたらいいのに。

るいはいささか恨めしい思いで、また大きなため息をついたのだった。

「富丸屋のお染。その男がそう言ったのか？」

それから四半刻ほどして、ようやく枕が泣き止んだ頃に、冬吾が店に戻ってきた。るいから幽霊をまたも取り逃がした経緯を聞いて、顔をしかめる。しかし、予想していた嫌味のひとつもなかったので、るいはおやと思った。

座敷に座って出された麦湯を一口飲んだきり、店主は眉を寄せて何事か考え込んでいる。

（何も言わないなんて。どうしたんだろ）

盆を持ったまま傍《かたわ》らにいたるいは、ちょっと心配になった。

もしや、暑気あたりとか。そう思って見れば、冬吾のぼさぼさの頭はいかにも暑苦しい。

「冬吾様、どこか具合が悪くはありませんか？」

訊ねると、冬吾は我に返ったようにるいを見た。

「私が？　いや、いたって元気だが」

「そうですか」

首を捻るるいを見て、冬吾のほうも怪訝そうに「なんだその格好は」と言った。枕が静かになったのでもう一度背中に括りつけていたるいだが、案の定、その姿が奇妙に見えたらしい。

「ナツさんに言われたんです。この子が泣かないように、こうやって面倒をみろって」

「ほう、ナツに。なるほどな」

「呆れないでください。お父っつぁんにも笑われて、あたしだって、マヌケな格好だってのはわかってますから」

るいは頬をふくらませたが、冬吾はあっさり興味をなくしたように、視線を浮かせて「富丸屋か」と呟いた。

「冬吾様は、富丸屋というのがどこの何の店か、ご存じなんですか？」

「知っている」

「それじゃ、お染という人のことも!?　あ、もしかして、お知り合いですか？」

むくれていたことも忘れて、るいは身を乗り出した。その勢いに否応なく視線を引き戻されて、冬吾は小さく息をつく。

手にしていた湯呑みを置いて、腕を組むと、

「面識はない。わかっていれば、ついでに会いに行ったのだがな」

なんだかよくわからないことを言う。つまり、知っているのか知らないのか、どっちなんだとるいは思う。

「古道具屋から聞いた話だ。店の名前まで聞き出すのは、些《いささ》か骨が折れたが——その枕を売ったのが、深川元町《もとまち》の料理屋、富丸屋だ」

えっ、とるいは目を瞠《みは》る。

「じゃあ、枕のもとの持ち主……」

そうだと冬吾はうなずいた。

古道具屋が富丸屋から不要品を引き取ったのは、半月前のことだという。くだんの枕もその不要品の中にあったのだが、その時にいわくめいたことは何も聞いていない、自分は何も知らなかったと、古道具屋の主人は言っているらしい。

「嘘ではないだろう。わかっていれば、端からそんな物を引き取りはしなかっただろうから」

いわくつきを商品として売り物にするこの九十九字屋ですら、難儀するようなシロモ

ノだ。普通の商いならば当然のこと、赤ん坊の声で泣く枕だなどと聞けば、気味悪がって買い取るはずがない。

では富丸屋のほうは、どうなのか。

「そりゃ、知ってたから手放したんじゃないですか？　厄介払いしたくて」

だって、とるいは言い募る。話の初《しょ》っ端《ぱな》から頭のすみにひっかかっていたことが、するりと言葉になって出た。

「わざわざ伊勢崎町にある古道具屋に引き取ってもらうなんて、おかしくないですか。やましいことがないなら、近くの店だっていいはずです。深川元町の界隈にだって、古道具屋くらい幾つもあるんだし」

深川元町は、九十九字屋のある北六間堀町と伊勢崎町の、中間にある。うんと遠くではないが、近くもない。

「近所の店だと、いわくつきがばれた時に体裁が悪いとか、おかしな噂になって商売に差し障りが出たら困るからですよ。きっと」

「一理あるな。……だが、必ずそうと決めつけることもできん」

冬吾の言葉に、るいは目を瞬かせた。

「どうしてですか？」

「そもそも、そんな物を不要品として処分するというのが、不自然だ。古道具屋に売れば、その後はどこの誰の手に渡るか知れたものではない。実際、昨日その枕を持ち込んだ男のように、一度でも枕が泣けば、いわく因縁のあるシロモノだということはすぐに露見する。どのみち騒ぎになることは、富丸屋にだってわかりそうなものだ」

それはそうだ。

(じゃあ、富丸屋も枕のことは何も知らなかったってこと？)

だけどそれも、やっぱりおかしい。おかしいといえば、この枕は古道具屋では一度も泣かなかったのだろうか。そういえば昨日の客も、泣き声を聞いたのは枕を買った二、三日後だとか言ってたっけ——。

考えだすと頭がこんぐらがって、るいは自分の額に手をあてた。

「あ……」

そういえば、肝心なことをまだ聞いていなかった。

「あのう、それで、お染って誰ですか？」

ああ、と冬吾は素っ気なく声を返す。

「富丸屋の娘だ」

富丸屋には、この年十八になる娘と十六の息子がいる。その娘の名がお染だと、冬吾は言う。

古道具屋から必要なことを聞き出すと、冬吾はその足で深川元町に赴いた。富丸屋の周辺で、情報を集めて回ったらしい。さすがに直に店を訪ねるのは早急と思われた。戻るのが遅かったのは、そのせいである。

おかげで富丸屋についてはいくらか詳細を知ることができた。

料理屋としての富丸屋の評判は悪くない。周囲が武家地ということもあり、上客がついてなかなか繁盛しているらしい。主人夫婦は実直な人柄で、息子はゆくゆくは店を継ぐべく、今は他所《よそ》で料理人としての修業を積んでいる。娘のお染はといえば、界隈では小町娘といわれる器量よし、同じ町内の小間物屋の一人息子との縁談が決まっていたという。

「なんだか、いわく因縁めいたこととは何も関係ないくらい幸せそうですけど」

るいは率直に感想をのべた。話を聞くかぎり富丸屋は何もかもが順調で、あやかしが絡むような翳りはどこにもない。

「話はまだ終わっていないぞ」冬吾は素っ気なく言った。

「何かあったんですか？」

「お染のことだ。――不幸なことに、縁談相手の小間物屋の息子が昨年に風邪をこじらせて亡くなったそうだ。以来、お染は家に閉じこもってほとんど外に顔を見せなくなったらしい」

気の毒にと、その話をした者は口をそろえて言ったものだ。

――可哀想にねえ。あれはよくよく、清太郎《せいたろう》さんに惚れていたのだろうね。顔も知らない縁談相手ならともかく、幼なじみでお互いに知った仲だもの。

――気の毒といえば叶野屋《かのうや》さんもお気の毒だよ。跡取りがいなくなって、二親ともにがっくりきちまっててさ。

お染の縁談先の小間物屋は叶野屋、その一人息子が清太郎というのか。

「しかも、それだけではない。許婚《いいなずけ》が死んでしばらくして、お染が身籠もっていることがわかった」

え、とるいは思わず声をあげた。

「お腹の子の父親は……」

「お染の言い分を信じるなら、父親は清太郎だ。あの大人しい娘がと、近所の者たちもさすがにそれを聞いた時は驚いたそうだが」

「はあ」

お染が子を身籠もっていることを知って、富丸屋は当然苦り切ったが、叶野屋はむしろ喜んだ。息子の忘れ形見ならば、無事に生まれたあかつきにはぜひに養子として引き取りたいと、早々に申し入れたらしい。息子の急死で一度は店をたたむことまで考えた叶野屋の主人夫婦の気持ちを思うと、富丸屋の主人もあまり強く娘を咎めることはできなかった。

冬吾の話を聞くうちに、るいは頭の中で小さな光がチカチカと瞬いた気がした。

(お染に聞けって言うからには、あの幽霊の男はそのお染って人と生前に縁のあった人物よね)

縁のあった相手。――とすれば当然、まず考えられるのは許婚の男である。

(ひょっとしてあの幽霊、叶野屋の清太郎さんじゃないかしら。どこかの商家の息子ってなりだったし)

お染との婚礼を控えながら、店の跡継ぎとしての将来も決まっていながら、若くして亡くなった。それは無念なことだろう。死にたくなかったという思いが未練となって、清太郎は成仏できなかったのかもしれない。

そして。

そう、そして、あの男の霊が二日つづけてこの店に姿を見せたのなら、その理由は……それはつまり……。

「冬吾様」思わず声が上擦った。「それで、あの、子供は……お染さんのお腹の子は、どうなったんですか？」

「二ヶ月前に無事生まれて、今は富丸屋で母子ともに暮らしているそうだ」

一拍おいて、るいは間抜けな声を出した。

「はい？」

「だから、子供は富丸屋にいる。死んだという話は聞かなかったな」

冬吾は麦湯を飲み干すと、湯呑みを置いた。

「大方、おまえは自分が見た霊は清太郎で、枕に憑いたのは何らかの不運で命を失ったお染の子供ではないかと考えたのだろうが」

お見通しだったので、るいはこくこくとうなずいた。

「……清太郎さんは死んだ我が子が不憫《ふびん》で、しかもその子が迷って枕なんかに憑いてしまったものだから、何とかして一緒にあの世に連れていこうとしているのじゃないかとまで、思いましたけど」

話は振り出しに戻ってしまった。

お染の子が生きているのは、素直によかったとホッとすることではあるが、それではこの枕は一体、どこの誰の子なのだろう？

冬吾はすっと眼鏡の奥で目を細めた。

「まあ、幽霊は清太郎なのかもしれんさ」

「え、でも？」

「まだわからないということだ。今度の件はどうも、表から見ただけではわからない何かしかの事情が絡んでいるように思う。だいたいが、赤児が枕に憑き、しかもその姿が私にもおまえにも見えないという時点で、尋常な話ではなかった」

口振りからして、その事情とやらはあまり良からぬことと、冬吾は考えているようだ。また妙な気を回されては困るので、るいは急いで口を開いた。

「わかりました！　あの男が次にあらわれたら、あたし、今度こそ本当にとっ捕まえて縄でふん縛って、あらいざらいしゃべらせてやります！」

勇ましく拳を握って見せたが、冬吾の反応は冷ややかなものだ。

「相手がいつ出てくるか、わからんだろう。おまえの乱暴狼藉《ろうぜき》のせいで、二度と姿を見せないかもしれないぞ」

生きた人間にまで同じことはやるなよと釘まで刺され、るいは口をへの字に曲げた。

「やりませんよ。死んだ人にだって、やりません。……今日はちょっと、うっかり転んでしまったせいで……」

乱暴狼藉だなんて、何も幽霊をボコボコに殴ったわけじゃありませんからと、心の中でつけ足す。

冬吾はふんと露骨に鼻を鳴らすと、

「その男の霊は、お染に聞けと言った時にどんな様子だった？」

唐突にそう訊ねた。

るいは首をかしげた。どんな？

「ええと、どんなって言われても……一瞬の間だったし」

（……でも）

そう、そういえば。思い返すとその一瞬に、るいはちょっとぞっとしたのだ。

男の吐き捨てるような物言いに。その冷たい声に。

消え去る寸前に垣間見えた、まるで苦悶《くもん》に歪《ゆが》んだような顔に。

あれは何だったのだろう。憤り？　憎しみ？　ううん、それよりももっと……苦くて辛そうな何かだ。冬吾に問われてあらためて考えると、ひどい違和感をおぼえる。

（もしあの人が、清太郎さんだったら）

仮にも許婚の名を口にして、あんな言い方をするだろうか？

るいがそのことを告げると、冬吾は「そうか」とだけ言った。

「明日、富丸屋へ行って話を聞いてこよう」

これまた唐突に、会話を打ち切るように店主が立ち上がったので、るいは目を瞬かせた。

「富丸屋に、直接にですか？」

「どのみちお染に聞けというのだから、聞くしかないだろう」

ひとつはっきりしているのは、お染は、少なくともお染だけは、枕のことで何かを知っているはずなのだ。

「それなら、今から行ってもいいんじゃ」

冬吾は嫌な顔をした。

「今日この暑い中、この私に二度までも深川元町界隈まで出かけろというのか？　それに……お染に会うなら、相手の気をひくだけの手土産は必要だ」

冬吾の視線が束の間、階段の下で丸くなって寝ている三毛猫をかすめるようにとらえたことに、るいは気づかなかった。人には見えぬ事情も、人でないものには見えるだろう。彼が口の中で呟いた言葉も、るいの耳には届かない。

なので、手土産と聞いたるいは、

「それならあたし、羊羹《ようかん》でも買ってきます！」

気を利かせて言ったつもりなのに、なぜか「いらん」と却下されてしまった。

「じゃあ、饅頭《まんじゅう》かお煎餅」

「それもいらん。手土産とはそういう意味では……、いや、ともかくもういい」

むっつりと言って、自分の部屋へ向かおうと階段に足をかけたところで、「それはそうと」と店主はるいを振り返った。

「今夜から、私が宿のほうで寝る代わりに、おまえはここに泊まれ」

空の湯呑みをさげようとしていたるいは、盆を落としそうになった。

「あたしがずっとこっちで寝るんですか!?」

「以前に言ったように、私は夜は邪魔されずにゆっくり眠りたいんだ。また枕に夜泣きされてはかなわない。……まあ、夜の間は枕だけ店に残して、二人とも筧屋に引きあげるという手もあるがな」

真っ暗な誰もいない店の中で、ずっと泣きつづけている枕を想像して、るいは肩を落とした。

「それは、ちょっと、可哀想な気がします」

そうだろうと、冬吾はうなずく。

「だったら夜は、おまえが面倒をみろ」

きっぱりと言って階段をあがっていく冬吾の背に、るいは「えええ、そんなぁー！」と精一杯の抗議の声をあげた。

――世の中のおっ母さんたちって、偉い。

一晩を枕とともに店で過ごして、るいは心底そう思った。

夜の間に三度、泣き声で叩き起こされた。こっちもぐっすり寝入っているから、いつ泣き出すかなんてわかりゃしない。いったん泣き出せばどうあやしても収まらず、やがて泣き疲れて静まるのを待つしかなかったのだ。

そんなわけで翌朝、るいは欠伸《あくび》を嚙み殺しながら冬吾のお供をして富丸屋へ向かうことになった。冬吾が、よく眠れたようでいやにスッキリした顔をしているのが、ちょっぴり恨めしい。二人がいない間は、またもひょっこりと顔を出したナツが枕の子守をしてくれることになったので助かった。

四

富の字を丸で囲んで白く染め抜いた料理屋の暖簾《のれん》は、遠目にもすぐにわかった。

さほど間口の広い店ではないが、上客がつくだけあって店構えに品がある。来る途中で叶野屋の前も通ったが、そちらもなかなかに羽振りは良さそうだったから、それぞれの家の息子と娘の縁談は、釣り合いのとれたものであったようだ。

暖簾をくぐると、冬吾は出てきた女中にお染に用がある旨を告げた。するとあらわれたのは初老の男で、これが富丸屋の主人の久右衛門《きゅうえもん》である。露骨に警戒した面持ちで、うちの娘に何のご用でしょうと尋ねてきた。いきなり見知らぬ男が娘に会わせろと言ってきたのだから、親としては当然の対応だ。

冬吾のほうは平然としたもので、まず自分の名を名乗ってから、

「お嬢さんにお伝え願いたい。そちらが先日古道具屋に売られた品の中にひとつ、障りのあるものが混じっておりました。お子さんの具合が悪いのはそのせいです。自分の子供の命を護りたくば、どうか話を聞いていただきたいと」

久右衛門は口をあんぐりと開けたが、るいも同じ気持ちだった。

(子供の具合が悪いなんて、初めて聞いたけど……？)

ハッタリかしら。だって冬吾様は昨日はそんなことを言っていなかったし、昨日の今日でわかりっこないことだし。もし嘘ならお店の人が怒って、あたしたち、つまみ出されるんじゃないかしら。

ところが、るいの心配とは裏腹に、

「あんた……どうして……」

紙のような顔色になって、料理屋の主人は冬吾に詰め寄った。「お染に何を言うつもりだ⁉　孫のことは内輪の人間しか知らないことなんだ。医者にも口止めしてある。……もしや、口の軽い使用人があんたにしゃべったのか？　だ、誰だ、およねか、いや惣助《そうすけ》か、それとも……」

冬吾は深々と息をついて見せた。

「今、あなたの頭に浮かんだ者たちは、一切関係ありませんよ。だいたい、赤児のいる家から泣き声が聞こえなければ、誰だっておかしいと考えるものです。いつまでも隠し通せると思ったのなら、浅薄だ。さあ、早くお嬢さんに伝えてください。それでもお染さんが、会って話すことはないと仰るなら、こちらはこれで引き返しますがね」

いろいろな疑問がるいの頭の中でぐるぐると回りはじめていたが、ともかくも冬吾が初対面の相手だろうと変わることなく横柄《おうへい》なのには、呆れるより感心した。

富丸屋の主人は長くは躊躇《ちゅうちょ》しなかった。少しお待ちをと言い置いて、二人を残して店の奥に姿を消した。

それを見送ってから、るいは冬吾と向き合った。まじまじとその顔を凝視する。

「なんだ？」

「いえ。……お染さんの子は、本当に具合が良くないんですか？」

「見ての通りだ」と、冬吾は主人の駆け込んだ奥のほうに、顎をしゃくった。

「病気なんですか？　お医者にかかるくらい、うんと悪いんですか？　どうして冬吾様は、そんなことを知っているんですか？」

「病気ではない。医者では治しようがない。猫に聞いた」

いかにも面倒くさそうに言って、冬吾はそれきり口を噤《つぐ》んだ。

そうですかと、るいは一度うなずいてから、

(……って。猫!?)

最初のふたつはともかく、最後の返答がどうして猫？

(猫がしゃべるわけないわよ)

まともに答えるつもりがないにしても、せめてもっと真剣にとりあってくれたっていいのにと思う。冬吾様も、昨日のナツさんにしたってそうだ。あたしって、そんなにからかいやすいのかしらと、るいはむうっとした。

その時だった。目の隅を白いものがさっとよぎった。チリチリという鈴の音を聞いて、

るいは「あら」と声をあげた。

猫だ。

昼飯時にはまだ早いせいか、一階に客の姿はない。いても二階の座敷にあがっているのだろう。猫は入れ込みの柱の陰から、すましてこちらを見ていた。雪のように真っ白で、首輪をしているところをみると、飼い猫のようだ。

「ここのおかみが可愛がっている猫だ。おコマというらしい」

気づけば冬吾も、猫に目を向けている。るいはゆっくりと瞬きした。

(だから……)

どうして、そんなことを知っているのかしら。

「あのう……ひょっとしてあの猫、しゃべるんですか?」

言ってみたら、露骨に怪訝な声が返った。

「普通の猫が人間の言葉をしゃべるわけはなかろう」

「……そ、そうですよね」

ほどなく久右衛門が戻ってきて、「どうぞこちらへ」と二人を差し招いたところをみると、お染は会うことを断りはしなかったらしい。

そのまま店奥の座敷に通される。待っていたお染は、客の下座に座って頭を下げた。二人を案内した久右衛門が、廊下側の障子を閉ざして、娘の隣に座る。

「お路《みち》はどうしたんだい？」

「おっ母さんには、藤太《とうた》についていてもらっています」

藤太、というのは子供のことか。男の子らしい。

父親に細い声で返事をすると、お染はあらためて客に顔を向けた。

小町娘と呼ばれるだけあってなるほど器量良しだが、どちらかといえば内気でおとなしそうな娘だ。十八といえばるいと三つしか違わないが、顔色が悪く表情に翳りがあるせいか、年齢よりも大人びて見える。

冬吾はまず、自分が北六間堀町の九十九字屋の主人であること、店では様々な『不思議』を商品として扱っていること等を告げた。こちらはうちの奉公人で、という言葉を受けて、るいも頭を下げる。

「るいと申します」

「――はて。『不思議』を商品にするというのは、どういうことです？」と、久右衛門が怪訝な顔をする。

「一言で言えば、あやかしに係わる商売です」

「あやかし?」

「化け物や狐狸《こり》、死者の霊の類《たぐい》。そういったモノは、時に生きている者に悪さを仕掛けることがある。あやかしと係わって困っている人間というのは、存外、世間にはいるものです。うちの店では、そのような客が持ち込むあやかし絡みの案件を売り買いするという商いをしています」

そのとおりだが、丁寧な説明でもない。案の定よくわからなかったらしく、久右衛門はいかにも胡散臭《うさんくさ》そうに顔をしかめたが、冬吾は知らん顔でお染に目を戻した。

お染は冬吾とるいを交互に見て、一度視線を下に落とし、また顔をあげた。

「わたしに話というのは、何でしょう。藤太の命を護りたければと仰ったそうですが、あの子のことで、何か」

やはり細い声で言う。口調も硬い。つい目を逸らしそうになるのを一生懸命に堪《こら》えて、視線を冬吾に据えている——そんなふうに、見えた。

「不躾《ぶしつけ》なことは承知のうえで、幾つかお訊ねしたいことがあります」冬吾はやんわりと言った。「ただその前に、ご主人にはこの場を外していただきたい」

なんと、と久右衛門は目をむいた。

「藤太は私の孫だ。孫の話をするのに、私に出ていけというのはどういうことです⁉ 見てのとおり、お染は大人しい娘で、私がそばについていなきゃまともに話だってできやしないんだ。それを、お染を見ず知らずの人間と一緒に一人きりにしろだって？ 私に聞かれちゃまずいということは、おまえさん、うちの娘に一体何を吹き込むつもりだね？」

とんでもないと、久右衛門はいきりたつ。

「ああ、わかったぞ。端からおかしいと思っていたんだ。おまえさんは」

「他人の弱り目につけこんで、嘘出鱈目《でたらめ》で言葉巧みに金でも巻き上げる算段だろう――ですか」冬吾に先んじて言われ、富丸屋の主人はうっと詰まった。

あなたがどう思おうがかまいませんが、と冬吾はいかにもうんざりしたようにつづける。

「娘さんだけにしてくれと言ったのは、あなたがそんなふうにいちいち出しゃばって、話の腰を折られるのが面倒だからですよ。お染さんがまともに話ができないのは、世間知らずで大人しいからではなく、隣であなたが先にわあわあ騒ぐからじゃないですかね」

久右衛門の顔がうっすら赤くなる。

「し、しかし……」

さらに言い募ろうとした時、

「お父っつぁん、お願い」

お染が口を開いた。

「この人の言うとおりにして」

久右衛門は驚いたように、娘を見た。

「でもね、おまえ」

「わたしはお父っつぁんが思うほど子供じゃありません。自分の子のことだもの、一人で大丈夫です。この人と話をさせてください」

細いながらもぴんと糸を張ったような声である。久右衛門は黙り込み、そうして渋々うなずいた。

「わかった。だけど、何かあったら私でも、他の者でもいいから呼ぶんだよ。つまり……おまえでは手に余る話だったりしたらね」

言い聞かせる口調からして、客を騙《かた》りとまだ疑っているのは明らかだ。

部屋を去り際に、久右衛門はちらとるいを一瞥した。強張った肩がわずかに緩んだように見えて、るいはおやと思う。——そっか、お染さんと歳の近いあたしみたいな娘が一緒だから、少し安心したんだ。そりゃあ、冬吾様じゃなくても男の人が一人だけだったら、もっとずっと警戒されるわよね。冬吾様もそれがわかっていたから、あたしをお供にしたのかもしれない。あら、だったらあたし、ちょっとは役に立ってるじゃないの。

「実は先日、うちの店に奇妙な品が持ち込まれましてね」

久右衛門が座敷からいなくなると、冬吾は単刀直入に切り出した。

「さっきも申し上げたように、うちではあやかしに係わる品を取り扱っています。『不思議』を商品として売り買いする以上、何が持ち込まれても逆に不思議はない。しかしながら、その品はさすがにうちの店でも、扱うには難がありまして。そこで調べたところ、品物は伊勢崎町の古道具屋がこちらの富丸屋さんから引き取った物だとわかりました」

「はい。……半月ばかり前に、うちで不要になった物を幾つか、古道具屋に売り払ったのは間違いありません」と、お染は息を吐くような小さな声で言った。

「売ったのはご主人の久右衛門さんですか?」

「そうです。でも、その店にしてくれと頼んだのは、わたしです」

「では、少なくとも、久右衛門さんは何を売ったかはご存じということだ。わからないのは、なぜ富丸屋さんから遠い伊勢崎町の店なのかということです。富丸屋さんが普段からその古道具屋と懇意にしていたというのなら、納得がいきますが」

お染は首を振った。これまで一度もつきあいのない店だという。ずっと前にお染が用事で仙台堀《せんだいぼり》近くまで出向いたおりに、たまたま看板を見かけただけの店だというのだ。

「この近所では売るわけにはいかない物でした。お父っつぁんも、それには納得してくれて、それで」

冬吾はうなずいた。

「その品については、もう十分、心当たりがおありのようですね」

ついにお染は俯いた。顔色がいっそう悪い。それでも、予想していたよりはしっかりとした口調で答えた。

「枕です。売った品物の中で、わたしの持ち物はそれだけですから」

「どうして売ったのです?」

お染は寸の間、逡巡するように口を噤んでから、

「叶野屋の清太郎さんのことは、ご存じでしょうか」と訊いた。

「はい。一通りのことは」

許婚だったことも、昨年に死んだことも、生まれた子供の父親だとお染が言っていることも――全部知っていると、言外に含ませる。

「あの枕は」と、お染は下を見たままで言った。

「清太郎さんのおっ母さん――叶野屋のおかみのおりくさんが、手ずから縫ってわたしにくれた物なんです」


昨年、縁談がまとまった時のことだ。両者の縁が末永くつづきますようにと、おりくが自分でこしらえた枕をお染に贈ったのだという。

「清太郎さんにも揃いの枕をつくって渡したと言っていました」

「失礼ですが、その叶野屋のおりくさんというのは、どのような方ですか」

冬吾の問いには、迷うことなく「気の良い人です」とお染は返した。

「気働きのあるしっかり者だとご近所でも評判で、それに、優しい人です。うちのおっ

母さんとも仲が良くて……」

小間物屋のおかみらしく手先の器用なおりくは、お染が子供の頃からよく、売り物とは別に可愛らしい小物をつくっては「お染ちゃんに」と持ってきてくれた。息子じゃ飾りがいがない、うちにもお染ちゃんみたいな女の子が欲しかったよと、口癖のように言いながら。

「では、あなたが嫁にくるとなれば、叶野屋のおかみさんはさぞ喜ばれたでしょうね」

「ええ、それはもう。……だから申し訳なくて、いただいた枕を売り払ったなんてことを、叶野屋のおかみさんには絶対に知られたくなかったんです。でも、もしこの辺りの店に売ったりしたら、何かのはずみにおかみさんや事情を知っている誰かの目に留まらないともかぎりませんから」

「それで遠くの古道具屋に、ですか。なるほど、納得がいきました」

冬吾はしばし考え込むようにしてから、言葉を継いだ。

「しかし、本当にそれだけの理由ですか?」

お染はハッとしたように顔をあげ、冬吾を見る。

「……それだけです」

「けっこう。ところで、なぜ枕を手放す気になったのか、そちらも差し支えなければ聞いておきたいのですがね」

冬吾は先にした質問を、少し丁寧にして繰り返した。

（なんだってこんなに、回りくどいのかしら）

傍で会話を聞きながら、るいはこっそり首を捻った。

もっとはっきり言えばいいのに。――枕が赤ん坊の声で泣くことや、店にあらわれる男の霊にお染に聞けと言われたこと。その男がもしかすると清太郎かもしれないこと。そうして、お染が知っているはずのことを、ずばりと訊ねればいいと思うのに。

なんだか焦れったい、痒いところに手が届かないみたいな遣り取りがつづいていて、肝心なことはちっともわからない。とはいえ主人を差し置いて奉公人の自分が勝手に口をはさむわけにはいかないと、そこは一応、分をわきまえて、るいとしてはやきもきしているしかなかった。

お染の表情に、またも何かを迷うような色がよぎった。おりくにもらった枕を手放した理由。それを口にしようとして……けれども、口を閉ざして……また、開きかけて。

その時、みしりとかすかな音がした。襖一枚へだてた、隣の部屋からだ。猫の足音にしてはいささか重い。

誰かいるのかしらと思ってから、るいは天井を仰いだ。誰かなんて、考えるまでもない。

(あらまあ、富丸屋さんたら。やっぱり盗み聞きしてるのね)

よほど娘のことが心配らしい。

とたんに、お染の顔からすうっと感情の色が抜け落ちた。それまで喉に詰まっていた言葉が消えてしまったように、すらすらと声を出した。

「わたし、辛かったんです。あの枕を見るのが。だって、あの枕をいただいた時には、清太郎さんとの縁談が決まって、それはもう幸せでしたから。なのに清太郎さんが死んでしまって、もうあの人と夫婦になることができないんだって思うと、辛くて」

幸せな思い出の品だからこそ、そばに置くのが堪えられなかったのだと、お染は言った。

「お気持ちはわかります」

冬吾は隣室の襖をかすめ見るようにしてから、うなずいた。

「それで……障りとはどういうことですか? 枕のことが、藤太に関係があるのですか」

お染の声に感情が戻る。子を案ずる母の声になっていた。

「お子さんは今、どのような状態ですか。元気に泣いていますか？　よく乳を吸って丸々としていますか？」

「どういう意味ですか」

「言葉どおりですよ」

赤ん坊は元気ではない、具合が悪いということを、冬吾はともかくも知っている。だからこそ彼がこうして訪ねてきたのだということを、お染もすでに承知している。

お染は唇を噛んだ。そうして、俯くというよりは項垂《うなだ》れて、「泣きません」と小さな声で言った。

「泣かないんです。……口を開けて身をよじりはします。泣いている素振りはするんです。でも、泣き声が聞こえない……いえ、泣き声どころか、あの子は、声をひとつも出さないんです」

え、とるいは思わず声をあげそうになった。

（つまり、泣いているのに声がしないってこと？）

「少し前までは、ちゃんと泣いていました。元気すぎるくらいで、藤太が夜中に泣きだしたら家中の者が目を覚ましてしまうほど大きな声で。それなのに」

ちょっと待ってと、るいは思う。

(そういう泣き声なら、よく知ってるけど……?)

だけど、まさか。そんなはずは。

「それに、数日前からあまりお乳も飲まなくなって……どんどん弱っていくようなんです。お医者様に診《み》てもらっても、原因はわからないと言うばかりで」

どうしてそうなったのか。どうしたらいいのか。このままでは……と、困り果てていた時に、九十九字屋の主人があらわれて、子供を護りたければ自分の話を聞くようにと言った。——聞かないわけには、いかなかった。

「声を出さなくなったのは、いつからですか?」

考え込むように眼鏡の縁を指で撫でながら、冬吾が訊く。

「十日ほど前だったと思います」

枕を持ち込んだ客が最初に泣き声を聞いたのが、ちょうどそれくらいではなかったか。

束の間、座敷に沈黙が降りた。冬吾は口にだすべき言葉を吟味するような、お染は訊くべきことを選ぶような、そんな間だ。

先に口を開いたのはお染だった。

「もしも枕を手放したことと関係があるのなら、もう一度こちらで買い戻します。それで藤太がもとに戻るのでしたら」

「その枕がどのような物であるか、まだ言っていませんでしたね」冬吾は眼鏡の玉の奥で探るようにお染を見た。「枕から赤児の泣き声が聞こえるんです。そのせいで、古道具屋から枕を買い取った者が気味悪がって、うちの店に持ち込んだわけでして」

お染は目を見開いた。

九十九字屋の店主はさらに、突拍子もないことを口にした。

「七つまでは神のうちと言うでしょう？　一説によれば、幼子の魂は肉体から抜けやすく、ようやく身体に定着するのが七つの年という意味です。生まれたばかりの赤児ならなおのこと、魂などいとも簡単に身体から離れてしまう。——おそらくあなたのお子さんの魂はふたつに分かれて、その片方が今、あの枕に宿っている。もとの器に魂が半分しか残っていないから、命の力も半分になって、身体のほうがだんだん弱ってしまったのでしょう」

「そんなこと」お染は呆然と呟いた。「枕が……泣くなんて」

「信じられませんか？　しかし、現にお子さんが泣きだすと、枕のほうが泣き声をあげる。きっと、そういうことなのだと思います。ならば、お子さんの身体と枕はひとつの魂で繋がっているという証《あかし》だ。――いわばお子さんの生き霊が、あの枕の中に入ってしまっているということなんです」

「い、生き霊!?」

とうとう堪えきれず、るいは素《す》っ頓狂《とんきょう》な声をあげてしまった。

（生き霊って、生きている人間の霊のことよね。え、それじゃ、あの枕にくっついているのは赤ん坊の幽霊じゃなくて、このお染さんの子供の生き霊だっての!?　それで、お染さんの子がこっちで泣きだしたら、あの枕も同じ時に泣くってこと？　でも魂が半分ずつだから、泣き声は枕にとられちまって、こっちの子のほうは声をなくしちまった……って）

そうか、それならいろいろ納得がいくわ、と思ってから、るいは頭を抱えた。

そんなの、うちのお父っつぁんが壁になっちまったのと同じくらい奇天烈《きてれつ》じゃないか。

そもそも魂ってものは、そんなに簡単にふたつに割れるものなんだろうか。煎餅じゃあるまいし。

（あ、でも）

ひとつだけ、合点のいくことはあった。

もしかして――枕に憑いたモノの姿がるいに見えなかったのは、それが生き霊だったからではないか。

死者ではない、小さな赤ん坊の、半分っきりしかない小さな魂だったから、あんなぽやぽやした影みたいに、薄くてかたちのさだまらないモノに見えたのだ。きっとそうだ。

「うーん？」

幽霊じゃなくてよかったと思う。死んでしまった赤ん坊じゃなくて、それはよかったと心から思う。だけど。

（魂って、二つに分かれても、またもとどおりにくっつくものなのかしら？）

くっつかなかったら、大事《おおごと》だ。

「藤太は、このままだとどうなってしまうのですか？」お染の声が震える。

「衰弱が進めば、赤児の身体ではもたないでしょう。最悪、死んでしまうかもしれません。お気の毒ですが」

そんなと、お染は小さな悲鳴をあげる。

「どうして……こんなことに……」

「枕というのはもともと、魂倉《たまくら》、つまり魂の容れ物という言葉からきています。昔の人は、眠っている間は自分の魂が枕の中に入っているのだと考えていた。それだけ魂が寄りつきやすいもの、ということです。――何のはずみでか、あなたのお子さんの魂があの枕に入ってしまい、あなたは気づかずにそれを手放した。けして責められはしないでしょう。今度のことは誰も悪くはない、運が悪かったというしかないことです」

冬吾の口調はやんわりとしていたが、どこか突き放す響きもあった。そこに小さな棘を感じて、るいは彼の横顔を見る。冬吾様はなんだか、正反対のことを言っているみたいだと思った。

お染は何か言いかけ……、だがその時、どすんという音が隣室から聞こえた。砂袋を落っことしたみたいな音だ。聞きつけて、ばたばたと店の表から駆けつけてくる足音がして、「わあ、大変だ」「旦那様が!」と叫ぶ声が重なった。

どうやら久右衛門が卒倒したらしい。

お染は腰を半分浮かせて隣室の襖を見てから、冬吾に視線を戻した。

「私は、どうすればいいのでしょう」

真っ青になりながらも、きっぱりと訊ねた。

「出だしに申し上げたように、うちの店は『不思議』を取り扱って商いをしています。お望みなら、この件は富丸屋さんからの依頼としてうちで承りましょう」

よろず不思議、承り候。

ただし――と、冬吾はそこですっと声を低めた。

「その際には、あなたが身内にまでもそうやって必死になって隠そうとしていることを、すべて話していただくことになりますが」

あっと呻いて、お染はぺったりと畳に座りこんだ。


「冬吾様」

主人がひっくり返って上を下への騒ぎになった富丸屋をあとにし、北六間堀町に帰る道すがら、るいは思い切って冬吾に声をかけた。

「さっき、お染さんが枕に子供の魂が入ってしまったことに気がつかないで、それを手放したって仰いましたけど……」

考えに耽《ふけ》るようにして先を歩いていた冬吾が、肩越しにるいを見る。

「何だ」

「古道具屋が富丸屋さんから枕を引き取ったのは、半月前です。だけどお染さんの子が泣き声をあげなくなったのは、十日ほど前のことでしょう？　その時には枕はもうよそに売られていたのだから、そこにたまたま赤ん坊の魂が入り込むなんて、おかしくないですか？」

少なくとも、枕に魂が入ってしまったのは、富丸屋でのことではない。だからこそお染は枕が泣くことを知らなかったし、我が子の不調の理由にも思い至らなかったのだ。

ほう、と面白そうに冬吾は口の端をあげた。

「なかなかわかっているじゃないか。その通り、おかしな話だ。いくら魂が寄りつきやすいものだといっても、肉体から抜け出た魂がわざわざ遠い場所にある枕を追いかけていくなどということが、あるわけがない。――誰かがそうなるよう、仕向けないかぎり」

「誰かが……？」

首をかしげたとたん、るいの脳裏をよぎったのは、あの幽霊の顔だった。

（そういえば）

——殺しちゃいない。

男は確かそうも言っていた。自分は殺しちゃいない。そりゃそうだ、枕に憑いているのが生き霊なら。

でもそれは、裏を返せばこの事態は自分が招いたと白状したようなものだ。

「やっぱり、あの男がやったんだわ！」

「そうだとして、何かよほどの理由があるのだろうよ」

「……恨みでしょうか」

冬吾は肩をすくめた。

「そればかりは、お染の口から本当のことを聞くしかない」

本当のこと。るいは唇を嚙む。なぜ富丸屋であんな遠回りみたいなまだるっこしい会話が交わされたのか、冬吾が最後にお染に言った言葉で、わかった。

お染が本当のことを口にしていなかったからだ。それがわかっていて、冬吾が話をあわせていたからだ。

そして、その本当の話こそが、男の霊が「お染に聞け」と言ったものに違いなかった——。

五

お染が九十九字屋に姿を見せたのは、その翌日のことだった。

まだ朝も早い、店を開けて間もなくの時刻である。筧屋から戻ってきた冬吾が二階へあがっていくのを見送って、るいは大きな欠伸をした。前夜に引きつづき枕が夜泣きしたせいで、すっかり寝不足だ。

(毎晩これじゃ、たまらないわ)

でも、とすぐに思いなおす。泣き声が元気なうちは、まだ安心だ。藤太という子は、魂が半分になってしまったせいで、少しずつ身体が弱っていると昨日聞いた。もしすっかり弱ってしまったら、泣き声だって出なくなるんじゃないだろうか。だから、枕が泣くうちは、まだ大丈夫なのだ。

紐で背中に枕を括りつけ、さて店の前を掃除しようと箒を持って外に出たところで、るいは角を曲がってこちらに向かってくる人影に気がついた。

あら、と首をかしげてから、るいは目を瞠った。

「お染さん……？」

一目でわからなかったのは、お染が顔を隠すようにおこそ頭巾を被っていたからだ。やはり目立たぬようにという配慮なのか、着物も昨日のような振り袖ではなく、色柄の地味なものを着ている。付き添いはなく、一人だ。

るいの前で足を止め、頭巾を解いてお染は頭を下げた。顔をあげると、その目がるいの背中の枕に吸い寄せられた。

「あの、とにかく中へ。どうぞ」

るいは急いでお染を店の座敷に通すと、「冬吾様！」と二階に声をかけた。

下に下りてきた店主に挨拶してお染が言うには、久右衛門は昨日あれから寝込んでしまったらしい。

「それは申し訳ない」と、とってつけたように冬吾は返す。いえ、とお染は首を振った。

「店の者たちもすっかり気もそぞろで、おかげでこうしてこっそり抜け出してくることができました」

るいは彼女と店主に茶を出し、少し離れて座った。紐を解いて枕をそっと畳に置くと、お染の目がまたもそれに釘付けになる。

「その中に、藤太の魂が……あの子の魂の、半分が……？」

心許ない口ぶりからして、まだどこか信じ切れてはいないのだろう。

おっ母さんだよ、とるいは心の中で枕に話しかけた。ほら、あんたのおっ母さんが来たんだよ。

お染はようよう視線を冬吾に向けると、居住まいを正した。

「昨日あの場では話せなかったことを、お話しします」声がかすかに震えている。「藤太のためですもの」

でも、と一瞬、顔を歪ませた。

「隠していたのも、あの子のためだったんです。ですから、どうか」

言わんとすることに、冬吾はうなずいて見せる。

「他言はしませんよ。あやかし絡みとなると、事を表沙汰《おもてざた》にしたくないという客も少なからずいますのでね。そのへんは心得ているつもりです」

それでも、ここまで来てもまだ最後の踏ん切りがつかないのか、お染は唇を嚙む。藤太は本当にもとに戻るのでしょうかと、縋《すが》るように訊ねた。

「因果関係がわからなければ、なんとも」

「因果……」

「なぜこんなことが起こったのか。係わっているのは誰なのか。何の目的であなたのお子さんの魂を攫《さら》ったのか。そこを詳《つまび》らかにしなければ、手の打ちようがないということです」

誰が、と呟いて、お染は自分の胸元に手をあてた。着物をきゅっと引き絞るように、指を握り込んだ。

「……清太郎さんです」ややあって漏れでた声は、もう震えてはいなかった。「誰がというのなら、清太郎さんしかいません。あの人が、死んだ後もわたしに腹を立てて。わたしを憎んでいるからです」

「憎んでいる？　なぜです。聞いたところでは、清太郎さんは赤児の父親なのでしょう？」

お染は首を振った。いいえ、と。

「いいえ。――藤太は、清太郎さんの子ではありません」

その言葉に冬吾は黙り込み、るいは仰天し、ついでに壁のどこかで「うえっ」という声があがった。

（……お父っつぁんたら）

顔こそ表に出さないが、どうやら作蔵が野次馬でこの場に紛《まぎ》れ込んでいたらしい。

「では、父親は誰ですか」

一瞬でも言葉を失ったのか、それともそんな答えも予想していたのか、冬吾の淡々とした口振りからはどちらともわからなかった。

「江戸にはもういません。上方《かみがた》の人です」

富丸屋によく顔を見せるとあるお店の主人の、甥《おい》という男だった。主人はもともと上方の出身で、それを頼ってこちらでの商いを学ぶという名目で男は江戸に来ていたのだが、お染の目にもたいして熱心に学んでいるようには見えなかった。

主人に連れられ幾度か富丸屋に足を運ぶうち、男はお染に声をかけてくるようになった。甘い言葉を囁き、上方から持ってきたという珍しい小物や菓子をお染に贈った。そんなことを繰り返すうちに、お染は男と二人きりで外で逢うようになっていた。

それが昨年の今頃のことだという。その時には富丸屋と叶野屋、両家の間で縁談話が進んでいたが、お染が別の男と逢瀬《おうせ》を重ねていることには誰も気づいていなかった。

そして――ある日突然、男は姿を消した。上方へ帰ったのだ。愛《いと》しい女との別れを惜しむどころか、お染には江戸を去ることなど一言も告げていなかったらしい。つまりは、ただの遊びだったのだ。不実な男は今もって、お染に子がいることも知らぬだろう。

「ですから、藤太の父親はその男です。清太郎さんとは、何もありませんでしたから」

冬吾の言っていた「本当のこと」とは、これだったのか。——なんとなく息を詰めるように話を聞いていたるいは、ハァとそこで息を吐いた。

(そりゃ、あの場では言えないわよね。まさか今さら、許婚の子じゃなかったなんて)

なにしろ久右衛門が隣の部屋で盗み聞きをしているのが、丸わかりだったのだから。

「そうすると、あなたにとって清太郎さんとの縁談は、最初から気の進まないものだったということですか」

やはり淡々と、冬吾は問いを重ねる。

「わたしは……」お染は目を伏せた。「子供の頃からわたしは、清太郎さんと……夫婦になれたらいいと、ずっと思っていました」

え、と思わずまた、るいは息を詰めた。

(それは、清太郎さんのことが好きだったってこと?)

どういうことだろう。その上方から来た男に想いを寄せて、夫婦になりたかったというのならわかる。そのせいで清太郎との縁談が苦痛だったというのなら、意味は通る。

だけど、清太郎と夫婦になりたかったというのなら、お染にとって縁談は願ってもないことだったはずだ。なのにどうして、別の男と恋仲になったなんて話になるのだろう。

「きっと清太郎さんのほうは、わたしとの縁談には乗り気でなかったと思います。あの人は、わたしのことなど何とも……いえ、好いてなどいなかったでしょう。子供の時に一度、おまえなど嫌いだとはっきりと言われたこともありますから」

清太郎さんには、他に想う人がいたんです。そう言って、お染は口元を歪めた。笑おうとしたのかもしれない。

「同じ町内の幼なじみで、わたしより一つ年上のお咲《さき》ちゃんという娘です。名前のとおり、笑うとぱっと花が咲くみたいに明るくて、可愛らしくて。皆に好かれて。たまたま顔をあわせることがあると、清太郎さんはわたしには目もくれずに、お咲ちゃんにばかり顔を向けていました。話をするのも、お咲ちゃんとばかりで」

そのお咲は一昨年に、隣町の雑穀問屋の息子に見初《みそ》められて、嫁いでいった。だからきっと、誰でもよかったのだ。清太郎にとっては、縁談の相手がお染だろうと他の女だろうと。

いやにあたりが暗いと思ったら、いつの間にか雨が降り出していた。細い糸のような小糠雨《こぬかあめ》だ。

るいは目を瞬かせた。

音なき雨の気配に、別の気配が混じり込んでいた。

薄暗い座敷の片隅に、もっと暗い影が立っている。青白い顔を俯けた男の姿が、ひそりとそこにあった。

ちょうど座っているお染から死角になる位置だ。冬吾が一瞬、そちらに目を投げたのを見れば、眼鏡を外さなくても気がついたのだろう。店主は素知らぬ顔で、また問うた。

「清太郎さんは知っていたんですか？　あなたが別の男と逢っていたことを」

「知っていました。わたしが自分で、清太郎さんに打ち明けました。縁談が本式にまとまる前でしたから、清太郎さんは当然怒ってこの話を断ってくると思っていました」

また、よくわからない。るいは首を捻る。まるで縁談をぶち壊しにしたかったとでもいうような、お染の口振りだ。

冬吾も同じことを思ったのか、

「こんなことを言うのも何ですが、あなたが黙ってさえいれば、少なくともその時点では清太郎さんには何も気づかれずにすんだのではないですか？　あなたはその時まだ、自分に子ができたことを知らなかったのでしょう？」

どのみち、後に騒ぎになることではあったにせよだ。

お染は少しの間、まるで自分の心情をたどるように口を噤んでから、

「ええ。黙っていようと思っていました。でも気がついたら、清太郎さんに全部ぶちまけていました。多分……わたし、清太郎さんの怒った顔が見たかったんです。ふしだらな女だと、取り乱してわたしを責める清太郎さんが、見たかったんです」

だって、とお染は唇を震わせる。目の端に涙を滲ませたその顔が、初めて年相応の若い娘のものに見えた。

「一度でいいから、清太郎さんにちゃんとわたしと向き合って欲しかった。目を逸らさないで見て欲しかった。あの人の本心からの言葉が聞いてみたかった。たとえそれが、わたしを罵《ののし》る言葉だったとしても……だから！」

るいは座敷の隅にいる男を見た。幽霊はまだ深く俯いたまま、けれどもわずかにその肩が震えているようだった。

「それで、清太郎さんは何と？」

お染は指で涙を拭うと、娘らしからぬ硬い表情に戻った。

「親たちには言うなと……それだけでした。他には何も」

そのまま滞《とどこお》りもなく、二人の縁談は正式にまとまった。清太郎が死んだのは、その二ヶ月後である。お染はともかく清太郎はまだ二十歳を越したばかり、さすがに若いので祝言は翌年まで待とうということになった、矢先のことだった。

「普段からあまりしゃべらない人だったし、わたしに対しては殊更《ことさら》そうでしたけど。でも何も言わなかったのはきっと、わたしが他の男と逢っていたことなんて、清太郎さんにとってはどうでもいいことだったんです」

(なんだかだんだん、腹が立ってきたわね)

座敷の隅に向けたおのれの目つきが尖るのが、自分でもるいはわかった。

あの幽霊は清太郎だ。それはもう間違いない。ここまでのお染の話の中で、幽霊になりそうな心当たりなど、清太郎ただ一人しかいないのだ。

――ちょいとあんた、なんなのさ。お染さんのことがどうでもよくて知らんぷりしてたってんなら、今になって何の未練があるんだい。死んだ時にすっぱり成仏してりゃいいじゃないか。それを、赤ん坊の魂を半分かすめ取っての嫌がらせとは、一体どういう了見《りょうけん》なのさ？——と、口に出そうが出すまいが男勝りの口調になるのは、怒った時のるいの癖だ。

「それでもあなたは、清太郎さんが自分を憎んでいると思っている。なぜです？」

冬吾が、るいの疑問をかたちを変えて口にした。

「声を……聞いたんです。清太郎さんの声を」

「声？」

「藤太が生まれて間もなくのことでした。夜に寝ていると、耳元で声がしたんです」

お染、お染と声は呼んでいた。お染は床の中で夢うつつにそれを聞きながら、誰だろう誰が呼んでいるのだろうと思い……ぞっとして飛び起きた。

死んだ清太郎の声だった。

「次の晩も、その次の晩も。同じように清太郎さんはわたしを呼びつづけました」

お染は、るいの膝もとをつっと指で示した。

「耳元でと言いましたが、本当にそうでした。清太郎さんの声は……わたしが頭をのせていた、その枕の中から、聞こえていたんです」

冬吾とるいの目が、そろって枕を見た。

いい加減、息を詰めたり吐いたりの繰り返しで、あたしったら走ってハアハアしている犬みたいだわと、るいは思った。

「なるほど。どうやら清太郎さんは、よほどその枕に執着があるようだ」

冬吾の些か皮肉を含んだ呟きは、座敷の隅に向けてのものである。だが男は相変わらず、じっと俯いたままだ。

「それでわかりました」お染は絞るような声を出した。

清太郎さんは怒っている。わたしを恨んでいる。だって。

「わたしが、藤太の父親は清太郎さんだと言ったから。あの人が死んだのをいいことに、自分のしたことを隠して皆を騙したりしたから。……清太郎さんは、そのことを責めているんだと」

お染とて、最初から周囲を騙すつもりではなかった。けれども子ができたとわかって動転して、そのうえ父親は誰かと親から問い詰められて、とっさに清太郎の名前を口にしてしまったのだ。

もちろん、そんな嘘が許されるわけはない。本当のことを言わなければ……と思う一方で、子の父親のことが知れて親から叱責されることも、世間から白い目で見られることも、怖かった。口に出せぬまま悶々《もんもん》としているうちに、話を聞きつけた叶野屋の夫婦が、子供はぜひうちで引き取りたいと言ってきた。

「叶野屋のご主人もおかみさんも、それはもう嬉しそうで。清太郎さんが死んでからというもの、店もろくに開けないほど気落ちしていたのが、まるで息を吹き返したみたいでした。それを見たらわたし、嘘だったなんてとても言えなくなってしまったんです」

そして月満ちて生まれた子は、清太郎の子ということになった。

「あなたは最初に、お子さんのために本当のことを隠していたと言いましたね」

しかし今の話では、お染はただ自分が本当のことを言い出せなかったせいで、周囲に嘘をついたということになる。冬吾はそこまでは口にしなかったが、言わんとすることは伝わった。

ええ、とお染はうなずいた。迷いもなく、きっぱりと。

「正直なところを言ってしまえば、嘘をついてよかったと今は思っています。本当のことを打ち明けると親に叱られるとか、世間様に誹《そし》られるとか、そんなことはもういい。わたしにとっては今はもう、どうでもよいことになりました。たとえどうなったところで当然の報《むく》い、悪いのはわたしですもの」

お染はしっかりと冬吾の目を見て、言った。

「でも、藤太にとっては必要な嘘です」

その時だった。ふぎゃあと枕が声をあげた。

「わっ⁉」

話に気を取られて、子守を忘れていた。るいは慌てて帯から鈴を取りだして振ってみせたが、泣き声はぎゃんぎゃんと大きさを増すばかりだ。

「こちらに」

あたふたしているるいに、お染は手を差し伸べた。落ち着いた所作でるいから枕を受け取ると、まるで赤児を扱うように腕に抱いた。

よしよしと声をかけ、赤児ならさしずめ背中のあたりを手で優しく叩いてやる。

するとどうだろう。あれほど泣き喚いていた枕が、ぴたりと泣き止んだ。

目を瞠るるいに、お染は微笑んだ。

「わたしは、母親ですから」

子供が生まれて、その子を初めて抱いた時に、心を決めた。自分のついた嘘を真《まこと》にしようと。この子は清太郎さんの子。その嘘を、つきとおそうと。

もし本当のことを知れば、両親は子供を里子に出してしまうだろう。そしてお染には、子のことは忘れろと言うだろう。里親はきっと、お染がどこの誰とも知らない相手だ。それは無論、新しい親のもとで子は大切にされ、幸せにもなれるかもしれない。

だけど。――だけど。

里子に出すなら叶野屋にしようと、お染は思った。叶野屋の夫婦は子供を、自分の本当の孫として可愛がってくれるだろう。近所には、やはり祖父母である富丸屋の両親もいる。お染はいずれどこかに縁づくことになろうが、それまでは子のそばにいてやることができる。

自分はひどい人間だと思う。愚かだと思う。叶野屋の夫婦はそれは良い人たちで、なのに自分は嘘で彼らをこの先ずっと騙そうというのだ。自分のしでかした不都合を隠したいがゆえの方便ではないかと、おのれに問いかけたこともある。

それでも。

この嘘さえ守れば、子は健《すこ》やかに育つだろう。いずれ自分が里子に出された理由を知って傷つくこともなく、知られて他人から侮《あなど》られることもなく。

「私は藤太の母親です。そして、藤太の父親は清太郎さんです」

お染は静かな声で、そう言い切った。

俯いていた男が顔をあげた。ゆらりと影が流れるように足を進めたのを見て、るいはとっさに腰を浮かせた。

（なに？　何かするつもり⁉）

しかし男は——清太郎は、座っているお染の背後まできて、動きを止める。お染を見下ろす顔は、るいが前に見た時と同じ、何かが苦くて辛くてたまらないというように歪んでいた。

冬吾は前髪をかきあげる仕草でちらりとお染の背後に目をやってから、言った。

「今のところ、その嘘を嘘だと証明できる者はいません。——ただ一人をのぞけば」

そのただ一人は、お染の後ろに立っている。

「あなたは清太郎さんの声を聞いて怖くなった。それでその枕を売ってしまったんじゃないですか」

ええ怖かったと、お染はうなずいた。怖くてたまらなかった。

「最初は、死んだ人の声がしたということがただ怖ろしかった。でもそのうち、枕から聞こえる清太郎さんの声がわたしの嘘を暴《あば》くんじゃないか、それを誰かに聞かれてしまうんじゃないかと……そう思ったら、怖くてたまりませんでした」

寺に枕を持っていって供養してもらおうかと考えたが、それでは理由を話さなければならなくなる。燃やすことも捨てることもできず、物入れの奥に枕をしまいこんだが、それで心が安まるはずもない。

そうこうしているうち、久右衛門がそろそろ古道具屋を呼んで店の不要品を処分しようと言っているのを耳にはさんだ。それで、言い訳を並べて一緒に枕を売ってもらったのだという。

「しかし売ってどこの誰ともわからない者の手に渡れば、それこそ怪しまれることになるとは思いませんでしたか」

冬吾は苦笑する。げんに、枕はこうして九十九字屋に持ち込まれる次第となった。

「そうですね。よく考えれば、そんなことくらいわかりそうなものなのに。でもその時は、そうすることしか思いつかなかったんです」お染は疲れたように微笑んだ。「一刻も早く枕を手放したかった。わたしの目の届かない、手を触れることのできないところにやってしまいたかった。わたしを責める清太郎さんの声から、逃げたかったんです」

お染は息をひとつつき、枕を抱いたまま一度天井を仰ぎ、そして言った。

これが、わたしがお話しすることのすべてです、と。

「……嘘だ」

低い、呻き声が漏れた。

雨のせいで夕刻のように薄暗い座敷に、それは水面に浮かび上がった泡がぽつんと弾けたごとくにかすかに響いて、にもかかわらず全員の耳に届いた。

「おまえは、嘘をついている」

お染はびくりと身体を震わせた。腕の中の枕の声ではない。左右を見て、身体ごと後ろを振り返った。しかし、声は聞こえても幽霊の姿は見えないのだろう。視線が、目の前に立っている男を突き抜けて、泳いだ。

「せ……い、太郎、さん？」

「お望みどおり、この人に聞いてやったぞ」冬吾はそこで、まっすぐに男を見た。さあ、と顎をしゃくる。

「今度はそっちの話を聞こうじゃないか」

しかし男が口を開く前に、お染が悲鳴のような声をあげた。

「清太郎さん？　清太郎さんなの!?　どこに……いるの？」

「あのぉ、あなたの前です。さっきからずっと、そこに立っていました」と、るいは清太郎のいる場所を控えめに指差した。

目の前と言われ、お染はとっさに身体を後ろに退《ひ》いた。いや、退こうとして気丈に堪え、座ったまま見えない相手を睨んだ。

「清太郎さん。本当にここにいるのなら……返してください。藤太の魂を返して！　藤太をもとに戻してください！」

蒼白になりながらもキッと頭をあげ、唇をわななかせながらも鋭く叫ぶ。子供をかばうように、腕の枕をしっかりと抱きしめた。

「あなたは、わたしに腹を立てているのでしょう。わたしは憎まれても、仕方がない。でも藤太は違う。悪いのはわたしで、藤太には何の咎もないんです。だから、こんなひどいことをしないで……！」

取るならわたしの魂を取ればいい。いやいっそ、わたしを殺して命を取ればいい。それで気がすむというのなら。

お染の悲痛な言葉に、清太郎は顔をいっそう歪めた。

「それほどまでに、あの男の子供が大切なのか。あの男が愛しいのかい」

「……え」

「私と夫婦になりたかったなんて、そんな嘘をつくんじゃないよ。本当にそうなら、縁談の話が持ち上がっているのに、他の男に心を寄せるなどおかしいじゃないか」

「そんな……」

「おまえは私を好いちゃいなかったよ。いつも私を避けていたじゃないか。目が合ってもその目を逸らせ、そばに寄ってもこない。それでも私を想っていたというのかい」

お染は大きく目を見開いた。見えないはずの相手を、まるで信じ難いものを見るように凝視した。

「おまえは幾つも嘘をついた。私の親にも、自分の親にも嘘をついた。この期《ご》に及んで、私にまで嘘をつくのか。愛しい男の子供を守るために、私を想っていたなどと心にもない嘘を」

「馬鹿なことを、言わないで」

お染の声が震える。しかしそれは怖れゆえではない。蒼白だった顔に、赤味がさしていた。

「あなたのほうこそ、わたしには目もくれなかったじゃないの。あなたはお咲ちゃんばかり見ていた。お咲ちゃんを好いているとわかっていて、あなたに近寄ることなんてできるわけがないでしょう。もう二度と、おまえのことが嫌いだなんて、あなたに言われたくなかったからよ！」

お染は叫んだ。

「今になってあの男とのことを責めるのなら、なぜわたしがあなたに打ち明けた時に言わなかったの？　なぜあの時にわたしを責めなかったの？　あなたにとっては、腹を立てるほどの価値もないことだったからでしょう⁉」

「おまえは嘘をついている。何もかも、全部自分の子のためだ」

「ええ、そうよ」お染は頭を振り立てた。「わたしは藤太の母親だもの。何があっても、どんなことをしても、藤太を守ってみせる。でもそれは、あの男のためなんかじゃない。あの男が遊びで声をかけてきたことくらい、最初からわたしにだってわかっていたわ。互いに好きでもなんでもなかった。あの男を愛しいなんて、一度も思ったことはなかった。……でも、それでも」

父親が誰かなんて、関係ない。藤太はわたしの子。わたしはあの子の母親だ。

「ひどい女だ」

「ええ」

「嘘をついた」

「そうね」

お染は大きく息を吸い、それを吐き出した。

「でもわたしは、清太郎さん、あなたと夫婦《めおと》になりたかった」

それは、それだけは嘘ではないと。

清太郎はお染を見下ろしている。その表情に、あの苦いものがゆらゆらと揺れている。いや違う。……悲しそうだと、るいは思った。

それにしても、なんとも嚙《か》み合っていない会話だ。

冬吾は平然と遣り取りを眺めているが、るいはどうにも落ち着かない。なんだか腹のあたりがもぞもぞとする。

目の隅で、壁から指が一本突き出てちょいちょいと招くのが見えたので、るいはそっとそちらににじり寄った。

「何よ、お父っつぁん?」

「なあ、おい」壁の中から声だけで作蔵は言った。「こりゃ、ただの痴話ゲンカじゃねえのか？」

「なにそれ」

どちらも相手が自分を想っていなかったと責めている。お染は清太郎がお咲という娘に惚れていたと言い、清太郎はお染が子を守ろうとしているのはその父親である男のためだと主張する。

そこがちっとも噛み合っていないのだけど、言い換えればそれは、互いに相手に想われたかったということにならないか。

（あれ？）

るいはぱちぱちと瞬きした。

（それって、つまり）

つまり、この二人は――。

「俺に言わせりゃ、男はまだまだケツの青いガキで、女は頑固だ。始末に負えねえや」

作蔵はふふんと鼻を鳴らした。

父娘のこそこそした会話をよそに、少しの間黙っていた清太郎がふたたび陰鬱《いんうつ》な声を響かせた。

「私はおまえに伝えたいことがあったんだ。やっとの思いで呼びかけたのに、おまえは怖がるばかりで返事もしなかった」

（……それはまあ、普通はそういうものなのでは）

死んだ人間の声を聞いてすんなり会話ができる人なんて、そうそういないんじゃないかとるいは思った。あたしだって、最初にお父っつぁんが壁から出てきた時は、仰天して目が回りそうになったもの。

「おまけに隣で寝ていたおまえの息子が、その赤ん坊が、私を追っ払おうとした」

清太郎の暗い目が、枕に注がれる。まるでそれがわかったかのように、お染も腕の中の枕を怪訝に見た。

「藤太が？」

「あっちへ行けと言うんだ。おまえに近づくなと言うんだよ。それがなんとも面憎くてね」

「そんな。藤太は生まれたばかりよ。言葉をしゃべるはずが……」

清太郎はゆらりと頭を動かした。首を振ったようだ。

「言葉でなくとも伝わるさ。私はね、その子にそう言われた時、この女はおまえのものじゃない、おまえなどおよびでないと、まるであの男に言われたような気がしたんだ。それが心底、口惜しくて」

「……それで」お染の声が掠れる。「それで腹を立てて、こんなことをしたっての⁉」

「おまえだって同じだよ。私の声など聞きたくないと、枕を他人に売ってしまった。それとて結局、子供のためだと言う。ならばどうやって、私と夫婦になりたかったなどという言葉を信じられるというんだい」

口惜しくて腹立たしくて。

それで子供の魂を半分、奪い去ったと清太郎は言うのだ。

そういうことかと、冬吾が呟く。枕が泣き出したのは、古道具屋からさらに人手に渡った後、十日ばかり前のこと。清太郎が藤太の魂を攫ったのは、おそらくその頃だろう。

「おいおい」

作蔵が驚いた声を出したのは、るいがいきなりすっくと立ち上がったからだ。そのまま清太郎に近づくと、両手でその肩をどん、と力いっぱい小突いた。

何度も言うが幽霊の身体は軽いので、清太郎は「ひゃっ」と悲鳴をあげて吹っ飛び、土間に転がり落ちることとなった。

「みっともない男だね。自分で言ってて、恥ずかしくないのかいっ！」

土間に這《は》いつくばる格好でぽかんとこちらを見上げた男を、るいは睨みつけた。腹の底がカッカしている。

「さっきから聞いてりゃぐだぐだと女々しい言い草を並べてさ、幽霊だからってどんだけ泣き言を言っても許されると思ったら、大間違いだよっ」

「あ、あの」

お染もまた、ぽかんとしていた。首をねじ曲げて、冬吾を振り返る。

「一体……」

「うちの奉公人が頭にきて清太郎さんを突き飛ばしたんですよ。で、清太郎さんは今、土間の床にひっくり返っています」冬吾は肩をすくめた。

「そんなことが、できるんですか？　その、幽霊を？」

「ご覧のとおり。いえ、見えないんでしたね。ともかく、乱暴な奉公人でお恥ずかしいかぎりです」

間違ったことは言いませんがねと、つけ加える。

るいは腰に手を当てると、いよいよ鼻息を荒くして、

「そりゃ、お染さんはたくさん嘘をついたよ。今だって、お天道様も呆れるような大嘘でまわりを全部言いくるめて、傍で聞いてるこっちには、いいんだか悪いんだかこんぐらがってわかりゃしない。あんたにしてみりゃ、それこそ自分の親を騙されて、腹に据えかねるってとこだろうさ」

その言葉に、お染は目を伏せる。

「だからってね、あんたのやったことは何なんだい⁉　赤ん坊にあっちへ行けと言われた？　おまえはおよびじゃないと他の男に言われた気がしただって？　それで口惜しくって、乳飲み子の魂を半分にしてあの枕に押し込んだってのかい。呆れるね、大の男が無抵抗な赤ん坊に手をあげるのと同じじゃないか。あたしに言わせりゃ、そんなのただの八つ当たりだ。どんな理由をつけたって、あんたは男としても人としても、幽霊としてだって、最低の低だ！」

まだ起き上がれぬまま、怒鳴られて清太郎は身をすくませる。何か言おうとするのだが、言葉にならないらしい。るいはすかさず、幽霊に指を突きつけた。

「よく考えてみな、赤ん坊に自分の父親が誰かなんかわかるわけがないじゃないか。あ

んたを追っ払おうとしたのなら、それはきっと、おっ母さんを守ろうとしたからだ。あんたがお染さんを怖がらせたりしたから、一生懸命にお染さんから遠ざけようとしたんだよ。あんたみたいな情けない奴より、よほど気概があるってもんだ」

「母親を守ろうとして……？」

清太郎はようよう、声を絞り出した。

「ああ、そうだよ。親が子を守るのなら、子だって親を守りたいと思うのは当たり前のことさ」

るいは大きく息を吸い、言葉とともに吐き出した。

「だいたいね、そんなにお染さんの言ってることが信じられないってのは、生きてるうちにあんたがお染さんの気持ちにからきし目を向けてなかったってことじゃないか。自分の許嫁なのに、その女の顔をしっかりまともに見て、本音で話もしなかったのかいっ？　それっくらいのこともできなかったのなら、今さら偉そうに恨み言を並べてんじゃないよ、こんの唐変木《とうへんぼく》！」

と、怒鳴りすぎてさすがにるいの息が切れたところで、「清太郎さん」と冬吾が声をかけた。

「おまえさん、お染さんに呼びかけて、それで何を伝えるつもりだったんだい？」

清太郎はまるでぶん殴られたような顔でまじまじとるいを見ていたが、やがてゆっくりとお染に視線を転じた。

それまでの苦い辛い何かが抜け落ちて、その表情に切々とした悲しさだけが残っている。

「……私が、お染にずっと言えなかったことを」

生きている間にどうしても言えなかったこと。いつかは言うつもりで、なのに結局、言えずじまいだったこと。――それこそは未練であり、清太郎がこの世に居残る原因となってしまったもの。

「お染。私は、おまえに惚れていたよ。子供の頃から」

一呼吸置いて、お染は弾かれたように彼を凝視した。見えるはずのない、その相手を。

「縁談は親が決めたことじゃない。私がお父っつぁんおっ母さんに頼んで、話を進めてもらったんだ」

お染は首を振った。ゆるゆると、何度も。

「でもあなたは、お咲ちゃんを……いつも、お咲ちゃんのほうばかり見て……」

「お咲を見ていたのじゃない。おまえと目を合わせることができなくて、そっぽを向いたら、反対側にいつもお咲がいたんだ。私らは、一緒にいる時はいつもそんな具合に立っていたじゃないか。お咲のことは、幼なじみとしては好きだったけれども、そういう意味で好きになったことは一度もないよ」

「そんなはずない。だってあなたは、わたしが嫌いだと言ったじゃないの」

「それこそ手習いに通っていた子供の頃の話だ。確かにね、子供だったから、私はおまえを見るたび自分がどうしてモヤモヤした気持ちになるのか、わからなかった。苛々して、なのにおまえのことが気になって仕方がなくて。子供なりにきっとおまえが嫌いだからだと思い込んでしまって」

　それが恋心だとわかるくらいに成長した時には、もう遅かった。遅かったと、清太郎は思ってしまった。お染は彼と目を合わせず、通りで会っても会釈だけして通り過ぎる。話しかけると俯いて黙っている。今度は自分のほうが嫌われているのだと思った。もともと大人しい娘であったから、近所に住んでいるのに声をかけるきっかけもそうそうない。さらに悪いことに、清太郎自身も商いにはまずかろうと親にこぼされるほど口ぶちようほうな質《たち》であったから、そのまま年月ばかりが過ぎていった。

お染はまだ、首を振りつづけている。口元を手で押さえて、嗚咽《おえつ》を噛み殺していた。

「おまえに別の男と逢っていたと告げられた時、私はむしろ当然だと思った。おまえが他の男に惚れたとしても、私にそれを責めることなどできはしないとね。それでも、おまえは私との縁談を断りはしなかったから」

おまえと夫婦になれると思って、嬉しかったんだよ。

ついに、笛を吹くような泣き声がお染の口から漏れ出た。

「……ひどい。ひどいわ。こんなのひどい」

こんな。今になってと、お染は顔を覆った。

一番欲しかった言葉を今になって聞くなんて。

いつの間にやら雨があがり、薄日が射して座敷がほんのり明るくなる。

清太郎は立ち上がり、幽霊らしく音もなくるいの傍らを通り過ぎて、お染のそばに佇《たたず》んだ。姿は見えずとも気配はわかったように、泣いていたお染は顔をあげる。

彼女に寄り添うように屈み込み、清太郎はそっとその肩に手をおいた。

六

「赤児はもう心配ない。お染に抱かれて元気に泣いていたぞ」

三日後、富丸屋に出向いた冬吾は、戻ってからそう告げた。

「お染が言うには、あの夜、赤児を抱いた清太郎が夢に出てきたそうだ」

藤太をわたしに返すと、あの人は笑って消えていきました。――そう言って、お染もまた微笑んでいたという。

「それって、清太郎さんは成仏したってことですか」

「そういうことだろう」

冬吾はるいにうなずくと、もうひとつ話をつけ加えた。

「清太郎は叶野屋の主人夫婦の夢にもあらわれたらしい。藤太をよろしく頼むと、二親それぞれに頭を下げたそうだ」

そうか、とるいは思った。それならこれでもう、いいのだろう。本当も嘘も、すっかり収まるところに収まったのだ。

（あ、でも）

気掛かりがあるとすれば、くだんの上方の男だ。もしもひょいとまた江戸にやって来て、何かのはずみで藤太のことを耳に入れないともかぎらない。父親は自分だと名乗り出たりしたら、大変なことになりそうである。

るいがそう言うと、冬吾は肩をすくめて「それはない」と断言した。

「どうしてですか？」

「その男の親戚の店主とやらにも、ついでに会ってきた。どうやら男は、江戸にいる間にさんざん女絡みの揉め事を引き起こしていたらしい。果てには子ができたから責任を取れと、店にねじ込んできた女もいたそうだ」

江戸から急に姿を消したのも、そのすったもんだが原因だったとのこと。店主はいまだにカンカンで、甥に二度と江戸の土を踏ませるつもりはないだろうと、冬吾は苦笑した。

るいは呆れた。

（へえ。お染さんだけじゃなくて、他にも何人もの女とつきあってたわけね）

「――恋に焦がれて鳴く蟬《せみ》よりも鳴かぬ蛍が身を焦がす」

ふいっと混じり込んだ声にあたりを見回すと、ナツが階段の上から顔を出した。るいは首をかしげようとして、やめた。この人はこういうあらわれ方をする人なんだ。うん、もうそれでいいわ。

なんでぇそりゃと、作蔵がるいの傍らの壁から顔を突き出した。

ナツは階段の半ばに腰掛けて、ふふと笑う。

「とかく浮き世はままならぬ……ってね。好いた相手に振り向いてもらえぬ寂しさゆえに、女が他の男によろめいたのが嘘のはじまり。女に嫌われつれなくされて、恨んだ男の腹いせが、事の顚末《てんまつ》。ところがどっちも相手の心を知らないで、思い違いで自分から相手を遠ざけちまってたんだから、哀れな話さ」

想いを伝えるほうも受け取るほうも、男女の機微もまだ知らない子供だったねと、ナツは呟く。

「だから始末に負えねえって言ったんだよ、俺ぁ」

作蔵はちろんとるいを見た。

「ま、あいつらよりずっと子供のおめえには、わからねえ話だろうがな」

子供、のところをいやに嬉しそうに言う。

「お父っつぁん、あたしはもう十五なんだから、子供扱いはやめて」

「けっ。ガキをガキと言ってなにが悪い。おめえなんざ、ケツが青いどころか、恋が池の鯉に化けちまうのがせいぜいだろうがよ」

憎まれ口にべーっと舌を突き出したるいを見て、そういうところがガキなんだと作蔵はげらげら笑った。

父娘の遣り取りに、ナツが柔らかく喉を鳴らすように笑む。

「でもまあ、よかったじゃないか。結末はめでたしめでたしだ」

るいはナツを見た。もう一度「よかったのさ」と繰り返し、ナツはうなずいた。

「死に別れではあるけれど、それでもあの二人は此岸彼岸《しがんひがん》の越えられない境を越す前に、互いの思いを知ることができたんだからさ」

るいは、うん、とうなずいた。

「そうですね。——あ、そういえば枕は」

富丸屋に返すと言って、冬吾が持っていったはずだ。

「お染に渡してきた。大切にすると言っていたぞ」

「そうですか」

「何しろ叶野屋のおかみの気配りがたっぷりと詰まった枕だからな」と、冬吾が些か皮肉をこめて言ったのには、理由がある。

三日前のあの日、最後に清太郎が打ち明けたのだ。——枕の中には自分の名を記した札が入っている、と。

そんなものを入れたのは、当然、枕を作った叶野屋のおりくである。

——おっ母さんを責めないでやってくれ。悪気があったわけじゃない。

——私とお染の仲がよそよそしいことに、おっ母さんは薄々気づいていたんだ。

天神様でもらった札に、朝露で摩《す》った墨で自分の名前を書いて恋しい相手の枕の中にしのばせれば、その恋は成就する。巷《ちまた》の若い娘たちの間で、一時そんなおまじないが流行っていたらしい。もっとも、他人の枕に札を入れる方法などそうそうあるわけではないから、効果のほどは不明だ。

しかし、どこからかそのおまじないを聞き込んだおりくは、枕を作って息子の名前を記した札を中に入れ、お染に渡したのだという。

「最初に富丸屋で話を聞いた時に、妙だとは思ったんだ」冬吾は言った。「祝いの品として枕を贈るというのは、あまり聞いたことがないからな」

「その御札のせいで、清太郎さんはあの枕に憑いてしまったんですか？」

るいが訊くと、簡単に言えばそうだと返事が返る。

「そのまじないとやらも、あながち根拠がないわけではない。枕は魂倉だと言っただろう。もともと霊が寄りつきやすいものだから、手の加えようによっては立派な呪具になる。今回は偶《たま》さかいろいろな条件が重なった結果、あの枕は清太郎の霊を招き寄せ、さらには赤児の魂を籠める依代《よりしろ》になってしまったというわけだ」

もちろん、その結果を叶野屋のおかみが知るよしもない。

他愛ないおまじないだと、おりく本人も思っていただろう。それでも、清太郎とお染が仲睦《なかむつ》まじくなってくれればと願う、親心からのことだったのだ。縁談を望んだ息子の気持ちを汲《く》んで、あとはお染さえ清太郎に心を寄せてくれればと。

「まあ、なんだ」作蔵が、心底ほっとしたように言った。「この一件が片づいて何がありがたいってぇ、もう子守をせずにすむことだ。俺ぁ、二度と御免だぜ」

本当にそうだわと思いながら、るいはふと、この座敷で我が子を抱くように枕を抱きしめていたお染の姿を思い出す。

あの泣き声をいつも傍らで聞き、それすら愛しいと想いながら子を育てていくのだから、おっ母さんというのはやっぱりすごいと、あらためてるいはしみじみ思ったのだった。

井戸に水を汲みに行って帰ってくると、座敷には誰もいなかった。冬吾は二階へ、作蔵は蔵の壁へと、それぞれ戻っていったのだろう。

にゃあと声がしたので階段のほうを見たら、さっきまでナツが座っていた場所で、三毛猫がすまして顔を洗っていた。

おいでと呼ぶと、三毛猫はひょいと段を下りて、るいの足もとにきた。

「あら」

その首輪から鈴が消えていることに気がついて、るいは首をかしげる。

「おまえ、鈴はどうしたの？　どこでなくしちゃったの？」

などと訊ねたところで、猫が答えるはずもない。

「あ、そうだ」

枕をあやすのに使った鈴のことを思い出し、るいは簞笥《たんす》の引き出しを開けた。もう用済みだからと中にしまっておいたのを取りだして、代わりにと首輪につけてやろうとして。

るいは掌《てのひら》の上のそれを、まじまじと見つめた。

(なんだか、この子が前につけていた鈴によく似てるような)

ちょっと古ぼけて、小さな傷がついているところとか。

「でも……まさかねえ」

首輪を結びなおしてやると、猫は満足げに喉を鳴らした。そうして土間に飛び降りると、ゆるりとした足取りで、外へ出ていった。

ちりん。

首につけた鈴の音が、次第に遠ざかって、消えていった。

第二話

祭《さい》礼《れい》之《の》図《ず》

一

大暑を過ぎ処暑を過ぎ、暦の上では仲秋《ちゆうしゆう》となっても、日中の蟬《せみ》はまだ盛夏を主張するようにかしましい。

葉月《はづき》八月、この月半ばには深川八幡《ふかがわはちまん》様、すなわち富岡八幡宮《とみおかはちまんぐう》の祭りがある。その盛大さ華やかさは、天下祭りと呼ばれる神田の祭りや山王権現《さんのうごんげん》の祭りにもひけをとらぬもので、深川っ子たちの自慢のタネのひとつであった。

もっとも作蔵あたりに言わせれば、その祭りも以前に比べれば「ずいぶんと、しみったれたもんになっちまった」らしい。以前は鳴り物入りで、もっと派手で威勢がよかったと言うのだ。

実は町奉行所からのお達しで、何年も前から八幡様の祭礼では、山車《だし》や練り物を出すことが禁止されていた。どうやら祭りの最中に町同士の大きな諍《いさか》いが起こり、それをお上《かみ》に咎《とが》められたものらしい。

昔はよかった、竜宮の幟《のぼり》を立てた舟の上で蛸《たこ》が踊っているような曳《ひ》き物やら、大奥の花見帰りを模した絢爛《けんらん》豪華な行列やら、蛤《はまぐり》、大鈴、紅葉《もみじ》に秋草と町内ごとに趣向をうんと凝らした出し物を競って披露したもんだと、作蔵はうっとりと語るが、るいには今ひとつぴんとこない。

禁止令が出る前と言われても、るいはせいぜい手習いにやっと通いはじめたくらいの子供だったから、派手な行列も曳き物も、てんで覚えちゃいなかった。あまりの人の多さと暑さで目を回しかけたことと、ふるまい酒に酔いつぶれたお父っつぁんをその頃まだ生きていたおっ母さんが怒鳴りとばしていたことを、切れ切れに覚えている程度だ。

お父っつぁんはぼやくけど、今だって見事なもんじゃないかとるいは思う。お祭り好きは江戸っ子の習い、その日は遠くからも人々が八幡様に押し寄せて、相変わらずたいそうな人出になる。門前にも境内にも店が並び、揉み合うように進む御輿《みこし》に皆で水をぶっかける。家々には幟が立って、それがいっせいに風にはためく光景を見るだけでも、心が騒ぐというものだ。

(だけど……)

この年の祭りを目前にして、深川中がすっかりそぞろな気分になっているというのに、今、るいは九十九字屋の座敷に座って一人でため息をついている。

向かいに座った冬吾は、一枚の絵を畳に広げて、難しい顔で眺めていた。

先ほど冬吾がそれを裏の蔵から持ち出してきたのを見て、なんだか雲行きが怪しくなってきたぞと思ったるいである。

なんとなればその絵は、富岡八幡宮を描いたものであるからだ。もちろん九十九字屋の店主は、ただ鑑賞するためだけにそんな物を手元に置いていたわけではない。そして今この時分に冬吾がそれを見ているということは、今度の祭りと係わりがあるからに決まっていた。

（せっかくの祭りなんだもの。何事もなくすめばいいけど）

残念ながら、るいのささやかな願いは叶わなかった。


話は一ヶ月前の文月《ふづき》某日に遡《さかのぼ》る。

奉公を始めて四ヶ月目ともなれば、るいも店の仕事にはあらかた慣れた。といっても客の出入りは相変わらず少ないので、客あしらいならぬ店主の取り扱い方と掃除の腕前が上がったと言うべきだろう。

その日も朝からせっせと店の前を箒《ほうき》で掃き、看板を拭き、さて今日も暑くなりそうだから残りの雑用の前にちょっと時間をもらって甘酒でも買ってこようかなどと考えていた時に、客がやってきたので、あら珍しいとるいはむしろ驚いた。

客は桂屋杢兵衛《かつらやもくべえ》と名乗った。本所は横網町《よこあみちょう》で干物屋を営んでいたが、すでに店を息子に譲り、今は同じ町内に家を借りて隠居暮らしをしているという。なるほど裕福なご隠居といった風情《ふぜい》の老人で、物腰にも落ち着きと品がある。

「下男《げなん》が一緒に来ていたのですが、どういうわけか店の手前で来るのを嫌がりましてな。ええ、通りから角を曲がったとたんに、一歩も足を踏み出そうとしないのですよ。仕方がないので、少し先の茶屋で待たせております」

杢兵衛は座敷でるいが出した麦湯を飲みながら、そんなことを些《いささ》か不思議そうに言った。

そうですかと応対する冬吾はすっとぼける。用件を促すと、老人は持参した物を風呂敷から取りだした。

「実はこの絵のことで、相談事がございまして」

「ほう、これは」
畳に広げられたのは、表装された一枚の絵であった。
冬吾がのぞき込み、お盆を持って傍《かたわ》らにいたるいもつられて頭を寄せる。知ってい
る場所を描いた風景画だと、すぐにわかった。
『東都名所富ヶ岡八幡宮祭礼之図』と隅に記されている。つまり八幡様のお祭りの光景
を写した絵だ。絵師の名は勝見《かつみ》青連《せいれん》とあった。
「はて。このような絵師がいましたか」
冬吾は絵から目を離して、考え込む。李兵衛はふくふくと笑った。
「腕はなかなかなものでしょう。世間的にはまだ無名でしたが、一部の好事家の間では
評判の良い絵師でしてな」
面白い経歴の絵師だという。武家の出だとも、仏門にいたとも噂はあったが、結局の
ところよくわからない。どうやら地方から江戸に流れてきたらしいが、ではどこから来
たかといえば、それとてはっきりしない。いずこかの門下にいたという話も聞かない。
その、わからないところが面白いのだと李兵衛は言った。
「才を見込まれて版元から錦絵の依頼なども入るようになった矢先、不運にも病を得て

若くして亡くなりまして」

絵師が死んだのは一昨年《おととし》のことだという。青連が実際に江戸で絵筆を執《と》っていたのは五年ばかり、だから残された作品の数も多くはない。人とは不思議なもので、希少なものと聞けば手に入れたいという欲がわく。私も御多分にもれずと、李兵衛はまた笑った。

「この一枚を手に入れるのにも、苦労いたしました。結局これが青連の描いた最後の作となったのですが、本人もまさか死んだ後に自分の絵が取り合いになるとは、思いもしなかったでしょう」

祭りの絵であるからことさら縁起が良いと、何人もが買い手に名乗りをあげ、収拾がつかないので最後は碁《ご》の勝負で決めることになった。偶《たま》さか全員が碁の腕前にはおぼえがあったらしく、不服を言い出す者はいなかったという。

「絵がお手元にあるということは、その勝負に勝たれたわけですか」

つまりこの老人は碁の腕も相当なものということになるが、本人は自慢と取られたくはないようで、冬吾の言葉に「運がよかったのですよ」と控えめに返した。

「絵師に直接お会いになったことは」

問いかけに、李兵衛は首を振る。

「ですから私が先にしたり顔で言ったことも、実は他人様からの受け売りでして」

冬吾はまた、絵に視線を落とした。

「確かに腕のある絵師だったようだ」

「まことに早世したことが、残念でなりません。生きていれば、いずれその名を世にしらしめることにもなったでしょうに」

るいには絵の出来栄《できば》えの良し悪しはよくわからない。もちろん、うんとヘタな絵は見ただけでヘタだと思うし、有名な絵師の絵はなるほど見事なものだとわかる。しかし筆づかいがどうの、描写の仕方がどうの、はたまた流派が云々ということになると、さっぱりだ。

ただ、この絵は好きだと思った。なんというか……うん、そうだ、生き生きしている。絵が生き生きっておかしいかもしれないけど、描かれている人も建物も木や石までも、うっすら光ってこちらにどんと押し寄せてくるみたいな。

「でもこの絵……」

お祭りの日なのにとふと呟いて、るいは慌てて口に手をあてた。他の二人の目がさっと自分に向けられたからだ。

「かまわん。何だ？」

冬吾が顎をしゃくったので、るいはつづけた。

「八幡様のお祭りは人出がすごいでしょう？　それこそ境内に人がぎゅうぎゅう詰めになるくらい。でもこの絵だと、そこまでの人はいないですよね」

身動きもできないほどの人混みのはずが、描かれているのはせいぜい「両国橋の袂《たもと》の盛り場を賑やかす人々」くらいのものだ。それでも十分、多いけれども。

「まあ、あの人出をまともに描くと、人間の頭ばかりになってしまいますからな」と、李兵衛は少しおどけた口調になった。「私は素人《しろうと》なので絵の手法などよくわかりませんが、もし自分だったら、人の頭ばかり描いていては途中からうんざりするでしょうなあ」

それはそうだと思ったので、るいはうなずいた。

「この絵からは、あの祭りの日の晴れがましさが存分に伝わってきます。そこがまことに良い」

「すみません。あたし、よけいなことを言ってしまって」

「いやいや」李兵衛はるいに微笑んだ。その表情のまま、ちょっと黙り込んでから、

「面白い娘さんだ。人の数が気になりますか？」

えっとるいは目を瞬かせた。

「いえ、そんなつもりじゃ」

ぱっと見て、どうしてかなと思っただけだ。べつに気になったわけじゃ……。

（……どうしてそんなこと、気になったのかしら）

るいはもう一度、絵をまじまじと見つめて、首をかしげた。

「ところで、ご相談事というのは？」

この絵がどうかしましたかと言いつつ、冬吾は眼鏡の玉の奥ですっと目を細めた。

「ああ、そうでした」

李兵衛は手元の湯呑みを置いて、居住まいを正した。が、次の言葉を胸の内で転がしているように、なかなか切り出さない。

「些《いささ》か……いや、だいぶおかしな話なのです」

やっとそう口に出した。

「おかしな？」

「はい。誰に言っても信じてはもらえません。頭がどうかしたのではないかと笑われるばかりです。それで人伝《ひとづ》てに聞いたこちらの店にうかがったのですが」

深川北六間堀町には不思議な出来事の相談に乗り、解決もしてくれる九十九字屋という店がある。――そう聞いたという。

だから杢兵衛はやってきた。だが。

やはり信じてはもらえないのではないか。それとも皆が言うように、自分こそがどうかしているのではないかと、ここまできて俄《にわか》に不安になったらしい。

「まったくもって、奇妙なことで」

「――よろず不思議、承り候」

冬吾はぴしりと声を放った。驚いて彼を見た老人に、笑いかけるというほど愛想はよくないが、それに似ていなくもない表情をしてみせた。

「うちの店は不思議を商品として扱っております。奇妙でおかしな事柄でなければ、商いにはなりません」

そうして世の中には、あなたが考えるよりよほどに多く、不思議なものは存在しているのですよ――と。

その言葉にホッとしたように、杢兵衛は深くうなずいた。

左様ならばと、その絵の不思議について、語りはじめた。

絵を手に入れた当初、李兵衛はそれを手元に置いて日に幾度も飽かず眺めて過ごしたという。

「何しろ隠居の身ですから、時間はいくらでもあります。日がな一日ぼうっと絵を眺めていたところで、咎める者もおりません」

青連の絵を見ていると、あたかもおのれが祭りのその場に立ち戻るような、華やいだ気分になったと、老人は言った。

ひと月ふた月とそんな具合に過ぎ、十分に堪能《たんのう》した後は、絵を大切に仕舞い込んで時おり取りだして楽しむようになった。

「しかし私一人で見ているのも、もったいないと思いましてな。昨年は葉月の朔日《ついたち》から本物の祭りが終わるまでの間、この絵を床の間に飾って、訪問客相手に悦《えつ》に入《い》っていたものです」

今年もそうやって八月に絵のお披露目をするつもりだ——いや、そのつもりだったと、李兵衛はそこで初めて眉のあたりを曇らせた。

「最初に、おや妙だと思ったのは、この春先のことでした」

いつものように絵を取りだして眺めているうち、なんともいえず奇妙な気分になった。何かがおかしい。何かが違っている。自分がこれまで見ていた絵とは違う……そんな違和感に襲われたという。

「紛《まが》い物という意味ではないのです。間違いなく私が苦労して手に入れた青連の絵だ。それがわかっていても、どうにもしっくりしない気分が消えないのですよ」

その時には、違和感の理由はわからなかった。絵ではなくおのれの具合が悪いのだろうと思い直し、絵をそのまま仕舞った。

ところがである。その次も、またその次の時も、絵を取りだして眺めるたび、李兵衛はまったく同じ奇妙な気分にとらわれたのだ。

違う違う。何かが違う。この絵はどこかおかしい。

「そうしてようやく、気がつきました」

李兵衛は一度目を閉じ、ゆっくりと開いた。

「先に申しましたように、はじめの頃は日がな一日、その後も毎度飽かずに眺めておりましたから、いつの間にか絵の構図から色彩からすべてが、私の頭の中に焼き付いていていたのでしょう。ええ、こうして目を閉じても、ありありとこの絵を目蓋《まぶた》に思い浮かべることができるほどに」

その自分の頭にある絵と、目の前の絵がどこかずれていることに気づいたのだ。おのれの記憶と合致しない——それが、違和感の理由だった。

「描かれている人間の数が違うのです」

えっと思わず声をあげたるいを見て、李兵衛は大きくうなずいた。

「絵の中の人の姿が増えている。最初の絵よりも、人数が多くなっていたのですよ」

るいは目を瞠《みは》ってから、絵を見た。

先ほど人の数が気になる云々と言われたことがチラと頭をかすめ、なるほどそれでと合点する。

しかしもとの絵を知らないるいには、どれが増えたのやら本当に増えたのやら、見たところでわかるわけがなかった。そもそも絵に描かれているのは多人数だ。これじゃあ、何人か増えたところでたいした違いはないんじゃないかしら、などと思ってしまう。

冬吾は考え込むように、指で顎を撫でた。

「どれが後から増えた人物かは、おわかりになりますか」

「五人までは数えました」

そこまでで探すのをやめたと杢兵衛は言う。さすがに怖くなったのだ。

絵は鳥居の一部とそこからつづく参道、拝殿を左側に置いて、広大な境内の北から東側にかけての風景を描いている。拝殿裏にはこんもりと茂る木々。遠方に見える茶屋。境内は祭りに浮き立つ人々であふれている。

「まず、この老女ですが」

杢兵衛は、拝殿の脇の人混みに佇む白い着物の女を指差した。

「これは死に装束です。ですから、真っ先に目につきました」

「なるほど。確かに、参詣に来るのにふさわしい格好とは言えませんね」と、冬吾は肩をすくめる。

「それからこの、木に登ろうとしている子供。それと、こちらの池の端に立っている男もそうです」

杢兵衛の指が、絵の中の五人の人間を次々に示した。

「皆、初めはここに描かれてはおりませんでした」

「一応お訊ねしますが、誰かが後からこっそりと描き足したということは？」

まさかと、杢兵衛はきっぱりと首を振る。

「それならば見ればわかります。どれほど似せて描いたとしても、描き手の癖というものはおのずと出るものです。ましてやこれを描いたのは青連だ。私のような素人でも、絵師と別人との筆の違いくらいはわかりますよ」

そう言って、おっとりと微笑んだ。――こんな話を誰も信じなかった。あんたはどうだ。信じるかね？

老人は口にはせずにそう問いかけているように、見えた。

（絵の中の人間が、勝手に増えるだなんて……）

そんなこと、本当にあるのかしらとるいは思う。

もちろん、杢兵衛の嘘という可能性はある。それでなければ、絵の中の人が増えたと一人で思い込んでいるだけということも。

（でも）

きっと、嘘でも思い込みでもない。

もしそのどちらかなら、この人はこの店に辿り着くことはできなかったはずだ。一緒に来たお供の人がそうだったように。

九十九字屋にやって来るのは、必ずあやかしと係わりのある人間なのだから。

つまり、これはあやかし絡みの話ということなのだ。

(だけどやっぱり、不思議よねえ)

誰も信じなかったというのも、無理はない。

その時、「ぶしゅっ」とどこかからクシャミが聞こえた。座敷の、土間に近い壁のほうから。

(お父っつぁんたら、また盗み聞きして)

李兵衛はおやというようにあたりを見回す。すかさず冬吾が、「猫が入り込んだようで」としれっと誤魔化した。

(まあお父っつぁんだって、他人が見たらたいがい不思議だし)

なにせ、ぬりかべという妖怪だ。

お父っつぁんが壁になっちまったくらいだもの、絵の中の人間の数が増えるくらい、いちいち驚くことじゃないのかもしれないと、るいは思いなおした。

「それで桂屋さんは、この絵についてはどのような対処をお望みでしょうか」

李兵衛の無言の問いかけを素通りして、冬吾は話を進めた。

「絵を手放されるおつもりなら、こちらで買い取ることもいたしますが」

ほう、と杢兵衛は感じ入ったような声を出す。

「それをさらにまた金を出して買うという、剛胆な方がいらっしゃるのですか」

「いわくのある物が飯より好物という、酔狂な人間はけっこういるものです」

「それはそれは」

杢兵衛は相好《そうごう》を崩してから、首を振った。

「売ることは考えておりません。私がご店主にお願いしたいことは……それができることならば、ですが……この絵をもとのように戻していただきたいのです」

「もとの絵に戻してほしいと」

勝手に増えた人物たちを消してほしいということだ。

「私はこの絵が好きなのです。これを手に入れることができて、天にも昇るほどに嬉しかった。それは今も変わりません。けれどこうなっては、平静な気持ちでこの絵を眺めることができなくなってしまった。なぜ人が増えるのか、また増えたのではないか……。そんなことばかりが心を占めて、以前のように楽しめなくなってしまったのです。気味が悪いなどと思ってしまうことが、悲しくてならないのですよ」

以前のように心躍らせてこの絵を見たい。これからも、何の憂《うれ》いもなくただ楽しく嬉しくこの絵を眺めていたい。

「承りました」

冬吾の返答があまりにあっさりとしたものだったので、却《かえ》って李兵衛は驚いたらしい。

「本当に、お願いできるのでしょうか。その……このようなことを?」

「それがうちの商いですから」

ただ、時間はかかる。本物の祭りの日が過ぎるまで、待ってもらいたい。そう冬吾が告げると、李兵衛はもちろんかまわないとうなずいた。

一体どうするのかしらと、傍《はた》で聞いているるいには見当もつかない。

(いっそ、増えた人を全部、筆で塗りつぶしちゃうとか? ……そんなわけないか)

李兵衛が店を立ち去った後もあれこれと頭を悩ませているるいにはかまわず、冬吾はさっさと絵を包むと、そのまま蔵に仕舞い込んだ。

そうして、ひと月が過ぎたのである。

二

深川八幡様の祭りの当日。

「冬吾様、これは?」

冬吾から一枚の紙、というか絵らしきものを渡されて、るいは首をかしげた。

「あの絵の写しだ」

言われてみれば、なるほど青連の絵を写し取ったものだとわかる。建物や人物の配置は同じで、ただ、かなり雑だ。ほぼ墨だけの線で描かれており、色彩も一部に施されているだけなので、まるで下絵のようである。

「知り合いの絵師の工房へ行って、急ぎ描いてもらった。なに、人物の特徴さえわかればそれでいい」

それでるいは、いっそう首をかしげることになった。

特徴というなら確かに、絵の中の大人数の中で数人だけが彩色されている。着物の色柄から身につけた飾りまで、細かに描き込んであった。そのため、墨と余白の風景の中で、色つきの人物はまるで浮き上がっているかのように見える。

「でも、どうしてこんなものを？」

当然の疑問であるが、冬吾はそうは思わなかったようだ。よく見ろと、不機嫌に言われた。

そこでるいは、絵をよくよく見た。

「……あ」

わかった。色つきは、先日ここに来た桂屋杢兵衛が、もとの絵で指差していた人物たちなのだ。

(あれ、でも？)

「冬吾様。これって、桂屋さんが仰ってた『後から絵の中に増えた』人たちですよね。確か五人いた」

「そうだ」

「それより多いです。なんで八人いるんですか？」

「桂屋の隠居は五人までしか確認していなかった。本人も、探すのをやめたと言っていただろう。実際には、もっと増えていた」

「はあ」と、るいは曖昧にうなずいた。

何日か前に、冬吾が青連の絵を蔵から引っぱり出してきて、難しい顔で眺めていたのを思い出した。

(きっとあの時に、増えた人数を確かめていたんだわ)

でも、と思う。

「冬吾様はもともとの絵をご存じなんですか」

「知らん」

「じゃ、どれが増えた人物かなんて、どうやってわかるんですか」

これまた当然の疑問だと思うのに、冬吾は盛大に鼻を鳴らした。

「見ればわかる」

ああそうですか。そりゃすごいけど、何もそんなに威張って言わなくたってと思いつつ、るいは手元の絵に目を向け最初の質問に立ち返った。

「それで、どうしてこんなものを？」

ところが聞いちゃいないのか、聞いても答える気がないのか、その時には冬吾はさっさと土間に降りて雪駄をつっかけていた。

「行くぞ」

「え、どこへ?」

「祭りにきまっているだろう。その絵をなくすんじゃないぞ」

「え、え?」

目を丸くしながらも、るいは急いで店の戸締まりをして、すでに堀端へと歩きだしていた冬吾を追いかけた。

門前町は身動きもままならぬほど、人々でごった返していた。一の鳥居をくぐれば通りの両脇に軒を並べた料理茶屋から、客引きの高い声が聞こえてくる。陽射しと人混みの熱気で、くらくらしそうだ。

人に押されて歩きながら、前に奉公した料理屋がこの門前町にあったことを思い、るいは首をすくめた。裏通りにあった店だし、この人出だからそうそう見知った顔にはあわないだろうけれど、それでも店を放り出された経緯が経緯だ。るいはなんとなくあたりを見回し、それから「えいっ」と顔をあげて、目の前の冬吾の背中を見つめた。

(そういえば、お父っつぁんはどこかしら)

近くに壁がないので、確かめようがない。それでなくともこれだけ人がいる場所では、まさか呼ぶわけにもいかない。

だけど、どこかにいるのは間違いなかった。なにせ作蔵ときたらこのところずっと、顔を見せれば「祭りに連れて行け、絶対に連れて行け」と、念には念を入れ、そのまた上に念をおっかぶせるような物言いをしていたのだ。

（あたしと一緒じゃなきゃ、どこにも行けないってのも不便よねえ）

と、ぬりかべになった父親の悲哀をしみじみと嚙みしめていたら、ふいに冬吾に腕をとられて人混みの中から引っぱり出された。

脇道に逸れると、むろんそちらも常よりも人通りは多かったが、それでも普通に歩けるくらいにはなったので、るいは思わず深呼吸をした。

「どうしたんですか？　表門までまだ遠いですよ」

「あの人混みでは埒《らち》があかん。裏門から入るぞ」

「永代寺《えいたいじ》のほうから？　でも参詣は？」

「お参りに来たわけではない」

じゃあ何のために来たのよと、胸の内でこっそり呟いていたら、先を行く冬吾がいきなり振り返った。

「さっきの絵を出せ」

「は、はい」

るいは慌てて懐から折りたたんだ紙を取りだし、広げた。下絵みたいなものでも一応、絵なのだから折り目をつけるのはまずいかしらん……と、最初は懐に入れるのを迷いもしたが、人混みでもみくちゃにされるよりはマシだと思いなおしたのだ。

「参詣客の行列に巻き込まれなければ、少しは身動きも取れる。拝殿の裏に出たら、この絵の中にいる連中を探しだせ」

るいはぽかんとした。

「探すって……、この人たちを、ですか？」

「そうだ」

「この人たちが境内にいるんですか？」

「いなければ、青連の絵はそのまま桂屋に返すことになるな」冬吾は平然と言う。

るいは頭がくらくらした。今度は暑さのせいではない。わけがわからないからだ。

「だって、絵の中の人たちですよ？　それこそ絵に描いた餅みたいなもんじゃないですか」

「それは役に立たないものの喩《たと》えだろう」

「ですから、本物じゃないから食べることのできないお餅と同じで、絵の中にいる人は本物の生きた人間じゃないのに、それをどうやって見つけるんですか？」

「その通り、生きている人間ではない。その連中は、青連の絵に憑いた霊だ」

「え」

るいは手もとの絵の写しに目をやった。

「祭りに引き寄せられて、彼岸に渡る前に絵に取り憑いてしまったのだろう。絵から消すには、全員をきちんと成仏させるしかあるまい」

（つまり、この人たちは幽霊ってこと？）

取り憑いた霊の姿が、絵の中に出現した――ということか。そのせいで、描かれた人の数が増えていったということだったのか。

うーん、とるいは絵を持ったまま頭を抱えた。

「そんなことって……」

「起こるはずのないことが起こる。それこそを『不思議』という」

その通りだが、その一言で片付けられましても。

作蔵のおかげでたいがいの『不思議』を不思議とは思わないるいだが、この時ばかりは疑わしげに、

「――絵に取り憑いた幽霊が、今日の祭りにいるってんですか？」

「いるだろうな」冬吾は何事でもないように、るいがいっそう困惑することを言った。

「その連中は、ずっと祭りの最中《さなか》にいるのだから」

「祭りの最中……？」

首をかしげたとたん、反対側から来る人とるいの肩がぶつかった。ちょうど裏門にさしかかったところで、参詣を終えてこちらの道から戻ろうという者も多いらしく、るいたちはその人々の流れに逆らうかたちとなった。表の混雑ほどではないにせよ、これはこれで歩きにくい。

よろけたるいの腕を、冬吾がさっと手を伸ばして支えた。

「ど、どうも」

「気をつけろ」

素っ気なく言って手を放すと、冬吾は裏門をくぐって歩きだした。るいは目をぱちく

りさせる。今のはちょっと嬉しかった、などと思いながら、はぐれないように慌ててその後を追った。

永代寺は富岡八幡宮の別当寺《べっとうじ》（神社を管理する寺）、つまり門前町は正確には永代寺門前町であり、形式上は寺の境内に八幡様のお宮が建っているという案配になる。ただし深川っ子たちにとって、お堅い寺より、盛大に祭りを楽しめる八幡様のほうが馴染み深いのは仕方がない。

その永代寺の前を通り過ぎ、広大な庭園を傍らに見て進むと、八幡様の拝殿が見えた。思ったとおり、参道のある正面は参詣客が詰めかけて、凄まじいばかりの混雑ぶりだ。

祭りの日というのは、呼吸する空気までもが、いつもとはガラリと違うとるいは思う。高揚感と熱気と晴れやかさが渾然となって、息をするたび、腹の底からそわそわと落ち着かない気分になる。

境内に集まる人々を眺めるうち、ふとるいは奇妙な感覚にとらわれた。うまく言えないけど、建物の大きさやら奥行きやらが急にわからなくなるような、白い陽射しの中でわんわんと空気が鳴っているのにひどく静かな場所にいるような、身体が浮き上がるような沈むような目眩《めまい》がするような、ともかくなんともいえずおかしな感じである。

「祭りの場というのは、現《うつつ》であって現ではない」

冬吾の声が聞こえて、るいは我に返った。

気がつけば拝殿の裏に来ている。冬吾は足を止めた。

「神域と俗世間が重なり合う。神と人が近くなり、人と人ならざるモノとの境界がなくなる。すべてが一緒くたに混ざり合って、常日頃見慣れたものがまったく別の姿かたちを見せる。ここでは何が起こっても、不思議ではない」

いつもの場所がいつものそれではなくなり、目で見ているものが見ているとおりのものではなくなる。祭りとは、そういう現と現ではないものが混在する特別な一日なのだと、冬吾は言った。

「青連の絵の光景と現実の光景が重なるとしたら、この祭りの間のこの場所しかない」

わかるような……でも難しくて、やっぱりよくわからないようなと、るいは思う。

だけど、理屈はどうであれ、冬吾がいるというのだから、絵に取り憑いた幽霊だろうが何だろうが、きっとここにいるのだ。それなら四の五の言っているよりも、とっとと相手を探したほうが早い。

「じゃあまず、このお婆さんはどうでしょう。拝殿の脇ならすぐそこだし、白い着物で目立つから、見つけやすいんじゃないですか」

勢い込んで言うるいを見て、さっきまでごねていただろうがと、冬吾は苦笑する。

「二手に分かれて探すぞ。どのみちこの人混みでは、一緒に動いてもはぐれる可能性が大きい」

だが絵の写しは一枚しかない。冬吾はどうするのかと思ったら、写しなどなくとも八人の特徴はすっかり頭の中に入っているという返事だ。

「でも、成仏させるんですよね？　あたし一人で大丈夫でしょうか」

「相手の話を聞いて、宥《なだ》めるなり機嫌を取るなりしろ」

「そんなぁ。もし親の仇が取りたいとか、手間のかかる未練だったらどうするんですか」

「私が見たところ、そこまで念の強い者はいない。気が晴れたら消えるだろう」

だったらいいけどと、るいはため息をつく。

四つ半（午前十一時）の鐘を聞いたら今いるところで一度落ち合うと決めて、九十九字屋の二人は別れた。

そうして、幽霊探しが始まったのである。

「甘かったわ……」

拝殿を回り込んで参道側に出たとたん、るいは早くもげっそりと呟いていた。

表門までつづく人、人、人の波だ。これじゃ、死んでいようが生きていようが、誰かの姿を見つけるなど、至難の業《わざ》だ。

さらにここで、死者も生きた人間と同じようにはっきりと見えてしまうるいの目が、仇《あだ》となった。つまり、どれが幽霊なのやらさっぱり区別がつかないのだ。

「ううう」

手元の絵の写しと見比べて、まずは白い着物の老女を探そうとしたのだが、人垣にはばまれて着物の色柄どころか、少し先の人の姿も見えやしない。

それでもどうにか人混みを掻きわけ掻きわけ、ようやく拝殿下の石壁までたどり着いた時には、へとへとになっていた。

「だいたい、どうして祭りの絵なのよ」

もっと人出の少ない日を描いてくれりゃよかったのにと、ついつい恨み言まで出てくる始末だ。

ヤモリみたいに壁に張りついた格好であたりを見回してから、るいは声をあげた。

「あ、いた！」

一目で白装束とわかる老女が、人混みなど関係なしにひっそりと佇んでいた。参道からつづく階段のそばだ。微動だにせず、参詣客の行列を見つめている。

さすがに幽霊らしく、人々はその女の身体をすいすいと通り抜けていた。

るいは人の流れに巻き込まれないよう壁を伝って老女に近づき、声をかけた。

「あの、すみません」

老女はおやというように、るいに顔を向けた。

「まああなた、何をしているの？」

何をしているはこっちの台詞だとるいは思いつつ、

「どうしてこんなところにいるんですか？　何かこの世に未練がおありでしたら、お話しいただければなんとか……ええと、あたしでなんとかできそうなことでしたら、します」

声をひそめて言いながら、そろりとあたりを見回した。周囲の人間に老女の姿は見えないのだから、るいが一人でしゃべっていたら、気味が悪いと思うに違いない。もっとも人の多いことが逆に幸いして、押したり押されたりの行列をつくる人々は、るいのことなど気にも留めていないようだった。

「あらあら、まあ」

老女は翳りもなくにこやかだ。気だての良い商家のおかみさんが、そのまま歳を取って白髪になったという風情である。

「ごめんなさいねえ、こんな老人に気を遣わせて。でも、たいしたことじゃないんですよ。ええ、未練なんてたいそうなものではなくてね。ただ、孫の顔が見たくて、ここで待っているんです」

「はあ、お孫さんの顔を」

ええと老女はうなずく。

「あらごめんなさい。あなた、前にお会いしたことがあったかしら」

「い、いえ」

るいは急いで自分の名前を告げ、老女はおうのと名乗った。

「娘夫婦が孫を連れて遊びに来ることになっていましてねえ。一緒にお祭りを見物するはずだったんですよ」

それからおうのが語ったところによれば、夫と一緒に棒手振《ぼてふり》から始めて小さいながらも念願の店を持ち、子宝にも恵まれた。店を切り盛りしながら夢中で働くうちに息子たちは独立し、娘たちもそれぞれ嫁いでいった。数年前に夫が他界し、それを機に長年営んできた商いをやめて、別の場所に店を持つ長男夫婦のところで暮らしていたという。

「それがねえ、あなた。ある日突然、目眩《めまい》がしたかと思ったら目の前が真っ暗になって。わたしったら、そのまま息がとまってしまったらしいんです」

夫は働き者だったし、子供たちも孝行者で、平凡だったけれども幸せな人生だったとおうのは微笑んだ。

ただひとつ、心残りがあるとしたら、まだ会ったことのない孫のことだという。

「末の娘が遠方に嫁ぎましてね。男の子を産んだんですけど、まさか赤ん坊を連れてはるばる出てくるわけにもいかないでしょう？　それで、子供が五歳になって足腰もしっかりしたら、八幡様のお祭りの時に江戸に連れてくるということで、娘夫婦と約束をしていたんですよ」

その子が今年五歳になると、おうのは言った。

「孫は他にもたくさんおりますし、しょっちゅう遊びに来るものだから、そりゃ賑やかです。でもねえ、末の娘の子供に会うのも、そりゃ楽しみだったものですから」

ここで待っていたら、娘夫婦が子供を連れてひょいとあらわれると信じているようだ。

「娘さんたちは、江戸に来ているんですか?」

「それは、そういう約束ですもの」

「だったら、あの、家のほうで待っていたほうがいいんじゃ」

「でも、一緒にお祭りを見物することになっていましたしね」

どうしよう、とるいは思った。――もしその娘夫婦と孫が姿を見せなかったら。そもそも本当に江戸に来ているのかも、わかりゃしない。たとえこの祭りの中にいたとしても、これだけの人混みで見つけることができるかどうか。

(孫に会えなかったら、この人、ここでずっと待っていそうだわ)

つまり、成仏させることは無理ということになるわけで、それは困る。

(いっそのこと、あたしがひとっ走りこの人の家まで行って、娘夫婦が来ているかどうか確かめるってのはどうかしら)

それが早いとばかり、るいはおうのが住んでいた場所を訊ねた。が、八丁堀の永沢《ながさわ》町《ちょう》のという返事に、肩が落ちる。

(大川《おおかわ》の向こう側じゃねえ)

深川から永代橋を渡るとなると、さすがにひとっ走りという距離ではない。行って帰ってくるだけで、ずいぶん時間がかかる。

(どうしたらいいんだろ)

と、首を捻っていてもこれという手は思い浮かばない。

仕方がないので、おうののことはひとまず後回しにして、先に他の幽霊を探すことにした。


絵で見れば右側の端に生えている大きな松の木に、子供がよじ登ろうとしている。

人混みを抜けて松に駆け寄ったるいは、一寸迷ってから、目の高さよりも少し上にあった子供のくるぶしを、軽く手で叩いた。

驚いたように子供が顔を下に向ける。十ほどの男の子だった。

「こんなところの木に登っちゃ、駄目じゃないか。罰が当たっても知らないよ」

子供に聞こえるように、けれども周囲にはなるたけ気づかれないくらいの声で言って、降りておいでとるいは手招きした。が、子供は意固地《いこじ》に口元を結んで、るいを睨むばかり。

子供がすぐ上の枝に手を伸ばし、身体を引きあげにかかったので、るいはとっさにその足を摑んだ。

「放せよ」

「あ、こら」

初めて子供が口を開く。

「危ない。落ちたらどうするんだい」

「危ないもんか」

確かに、幽霊なのだから落ちても怪我をするものではない。

「なんで木に登りたいのさ」

「高いところだと、いろいろ見えるだろ。人の顔も見えるだろ」

「うん」

「だから、この木の上からそいつの親を探すんだよ」

「え？」

高いところばかり見ていたので、気がつかなかった。そいつと言われて、るいは初めて松の根元に目をやった。

太い幹の反対側に、ちんまりと蹲《うずくま》った小さな人影がある。回り込んで見てみると、目にいっぱい涙をためた三つか四つの女の子だ。

幽霊ではない。生きた人間である。

「どうしたの、この子？」

「迷子」と、男の子のほうは頬を膨らませて言った。

どうやらこの人混みで、親からはぐれてしまったらしい。るいが屈《かが》み込むと、女の子は目を瞠った。大丈夫と頭を撫でてやって、名前を聞くと「かよ」と言う。住んでいる場所はと訊ねれば、首を振った。こんなに幼くては覚えてなくても無理はない。迷子札を探したが、落としてしまったのか見あたらなかった。

るいは首をねじ曲げて上を見た。呆れたことに、男の子はすでに高い枝に足をかけ、首を伸ばして境内を見回している。

「あんた、名前は？」

「貞吉《さだきち》」

「この子の親を知ってるの？」

それには返事がない。

るいはため息をついた。

（こんなの、放っておくわけにいかないじゃない）

「ほら、おんぶしたげる」

腰を落として背中を向けると、かよは大人しくおぶさってきた。立ち上がって歩き出すと、「どこに連れてくんだよ」と慌てた声が追ってくる。振り向いたら、枝の上にいたはずの貞吉が、目の前で足を踏ん張るようにして立っていた。

「あんたみたいに木の上から眺めてたら、日が暮れちまうよ。こんなに広いところで、人も大勢いるのにさ。歩き回ってこの子の親を探したほうが早いにきまってる」

ほらあんたもついて来なと言うと、貞吉は口を尖らせながらもおとなしく従った。


幽霊探しが、迷子の親探しに化けてしまった。

るいはかよをおぶったまま、人混みの真ん中を避けて歩きながら、「すみません、この子の親はいませんか」と声を張って呼びかけた。

と、一人の女が声をかけてきた。いささか目つきの尖った女だが、口元は愛想良く笑っている。背中のかよをのぞき込むようにして、この子を知っている、自分の家の近所に住んでいる子だと言った。

「どれ、あたしが親のもとに連れて帰ってやろう。ちょうどお参りも終わったところだしね」

るいがホッとしてかよを背中から降ろそうとした時、貞吉が袖を引っぱった。

「駄目だよ。こいつ、知らない女だ。騙してかよを連れて行くつもりだ」

るいは動きを止める。子供を受け取ろうと手を出していた女は、怪訝《けげん》な顔をした。

「念のためにお訊ねしますけど、この子の名前はご存じですか？」

女は愛想笑いの口元を歪めた。

「さあねえ。近所の子っていうだけだから、名前まではちょっと。でも、親の家は知っているよ」

「嘘だわ」るいはかよをおぶったまま後ろに退いて、女を睨んだ。「あなた、嘘をついてるでしょ。この子の親なんて知らないくせに」

とたんに女は鋭い舌打ちを漏らすと、さっと身を翻《ひるがえ》して、人混みに姿を消した。

「驚いた。何なのよ」

拐《かどわ》かしだろうか。子供を連れて行って、どこかに売るつもりだったのか。

危ないところだったと、るいは肩の力を抜いた。

「あんたがいてくれて、助かった」

そう声をかけると、貞吉はニヤリとした。

「——ねえ、貞吉。あんたは、どうしてここにいるのさ？」

かよが他人にぶつからないよう気をつけて人々の間をすりぬけながら、るいは囁いた。

どうしてと訊ねられ、貞吉はきょとんとした顔になる。

「何か心残りがあるの？　ほら、気になることがあるとか、やりたいことがあったとか」

この子の未練は何だろう。それがわからなければ、成仏させることもできない。

「なんだかおいら、呼ばれた気がしたんだ」

「呼ばれた？」

「それでこっちに来てみたら、八幡様のお祭りだった。それで……こいつが、迷子になって泣いてた」

「じゃあ、かよ坊があんたを呼んだの？」

貞吉はきかん気の強そうな顔で口を曲げると、そんなのわかんねえと答えた。

どういうことだろうと、るいは思う。

仮に、かよの泣き声に呼ばれて、貞吉がこの祭りの場にあらわれたのだとしたら。だけど貞吉の姿が絵の中に出現したのは、もっとずっと前だ。杢兵衛が九十九字屋に来た時には、もう絵の中に貞吉はいたのだ。かよが迷子になったのは、今日この祭りでだ。とすると、貞吉が絵に取り憑いた理由は、やっぱり別にあるのではないか。

（あ、でも）

絵の中でも貞吉は木に登っていた。ということは、やっぱりかよの親を探そうとしていたわけで……。

「うーん？」

そんなことが、あるんだろうか。一体どっちが先に起こったことだろう。考えていると、頭がこんぐらがってきた。

——起こるはずのないことが起こる。それこそを『不思議』という。

冬吾の言葉が頭に浮かぶ。もう一度「うーん」としかつめらしく考え込んでから、るいはうん、とうなずいた。

（まあ、いいか）

絵の『不思議』に巻き込まれ、どうせ端《はな》から『不思議』まみれの『不思議』ずくめ。今さらひとつ増えたところで、頭を悩ませることもないだろう。

だって、これはげんにこうして起こってしまっていることなのだから。

(そんなことより、早くこの子の親を探さなくっちゃ)

小さな女の子とはいえ、その重みがさっきからじわじわと、背中に食い込んでいた。よいしょ、とかよを揺すり上げて、るいはふたたび「この子の親はいませんかー!」と声を張り上げた。


「あ、いた!」

貞吉が声をあげたのは、それより四半刻《しはんとき》も過ぎて、永代寺の庭園の前まで来た時だった。

すでに汗びっしょりで、へろへろとくたびれた足取りで歩いていたるいの袖を引っぱって、貞吉は「あそこ」と指差した。

その先に、半狂乱のていであちこちを見回している若い女がいる。手に迷子札を握っているところを見ると、どこかに落ちていたそれだけを先に見つけたものらしい。

声をかけるより早く、女はハッと視線をこちらに定めた。目を見開いたかと思うと、歩いている人々を掻き分け、押しのけるようにして駆け寄ってきた。

「かよっ！」

るいの背中から滑り降りたかよに飛びつき、抱きしめる。ついで、あたりをはばからぬ大声で、女は泣き出した。

すぐに、父親らしき男も通行人の中から飛び出してきた。名前を呼びながら、その母親ごと娘を抱き寄せた。その光景に事情を察して、行き交う人々の間からも、「よかったよかった」と声が漏れる。

「ほんと、よかった。あんたの手柄だね」

るいも心からホッとして、傍らの貞吉に目を向けた。

「……どうしたの？」

貞吉は口を結んで、かよの両親を見つめていた。ぐっと歯を噛みしめて、肩に力をこめて、なんだか泣くのを我慢しているみたいな顔になっている。

るいが首をかしげていると、かよの父親がようよう立ち上がって、ありがてえと何度も身体を二つに折るようにして頭を下げた。つづいて母親のほうも、娘を抱きしめたまま、まだ半分泣き声でるいに礼を述べた。

手桶の水のように感謝を浴びせられ、あらためて後で礼にうかがうから在所を教えてくれと言われ、るいは冷や汗をかきながら横向きの赤べこみたいに首を振りつづけた。いえそんなお礼などけっこうですから、たまたまこの子が泣いているのを見つけたもので、いやそんなたいしたことじゃありませんから……。

その間に、貞吉はくるりと踵を返して、とぼとぼと歩きだした。気づいて、るいが「ではあたし、急いでいますのでもうこれで」とその場を辞そうとした時だ。

「兄《あん》ちゃん」

かよが、母親の腕の中から声をあげた。

「兄ちゃん……兄ちゃん」

貞吉の背中が、ぴくりと震えた。が、振り返らずに足を速める。

驚いたのはかよの両親だ。

「どうしたんだ、かよ」

「兄ちゃんはいないよ。もういないんだよ」

ともに困惑顔で、それぞれに娘に言う。

「兄ちゃんはねえ、今は仏様のところにいるんだよ。仏様のおそばで、かよを見ていてくれるからね」

母親が優しい声で言えば、父親もくりくりと娘の頭を撫でてうなずいた。

「そうとも。今日もきっと、兄ちゃんがおまえを守ってくれたんだろう。貞吉は、そりゃあ、かよのことを可愛がっていたからなあ」

るいは軽く唇を噛んだ。自分の胸の内のどこかで、ああやっぱりという声がした。

「あの……貞吉というのは」

えっと父親のほうがるいを見る。首にかけていた手拭いで顔を拭い、笑おうとして失敗した、という顔をした。

「この子の上にもう一人いたんだが、昨年の春先にあやまって堀に落っこちまってね。前の日の大雨で水が増えていたから、そのまま流されちまって」

「そうだったんですか……」

貞吉は俯《うつむ》くと、ぱっと駆けだした。あっという間にその姿が道行く人々を突き抜け、遠ざかってゆく。るいは「失礼します」と両親に会釈し、慌ててあとを追いかけた。

「お待ちよ、ねえ！」

しかし幽霊とは違って、生身のるいは走るどころか、人混みの中を泳ぐようにもがいて進むのが精一杯だ。じきに貞吉を見失い、もしやこれきり会えないのではないかと途方にくれたが、思いついて出だしの松の木のところまで戻ってみることにした。

すると、

「ああ、よかった。やっぱりここにいたんだね」

貞吉は、松の木の根元にうずくまっていた。膝を抱え、背中を丸めて、地面を見つめている。

るいはその隣に腰を下ろした。

「かよ坊はあんたの妹だったんだね。あの二人は、あんたのお父っつぁんとおっ母さんだったんだね」

貞吉は返事をしなかったが、かまわずるいは言葉を継いだ。

「だからあんたは、ここにいたんだ。妹が泣いてたから、お父っつぁんとおっ母さんを探してやってたんだ」

自分だって、親に会いたかったのだろうに。かよがしてもらっていたように、名前を呼んで抱きしめてもらって、頭を撫でてもらいたかったのだろうに。

（でもあの人たちに、貞吉の姿は見えないから）

両親を見つめていた時の貞吉の泣きそうな顔を思い出し、るいはやるせない思いでため息をついた。

貞吉はそのまましばらく黙《だんま》りでいてから、

「……兄ちゃん、て」

ぽつり、と言った。

「え？」

「誰かに呼ばれた気がして……そしたら、かよが父ちゃんたちとはぐれて、兄ちゃん、兄ちゃんて、泣きながらおいらを呼んでたんだ」

「そう」

「あいつ、危なっかしいんだ。まだ赤ん坊で立てもしない時から、這っていって土間に転げ落ちたりさ。やっと歩けるようになったら、しょっちゅう転んでるし、どぶに落っこちたりしてるし。おいら、父ちゃんと母ちゃんに、かよから目を離すな、兄ちゃんなんだからしっかり面倒みてやれって、いつも言われてた」

「そっか」

一度、うっかり遊びに夢中になって、気がついたらそばにいたはずのかよがいなくなっていた。大慌てで探したら、少し先の木戸のところで貞吉を呼びながら大泣きして、木戸番を困らせていた。どこに行くにもまだよく回らぬ舌で「兄ちゃん」と呼びながらついて来た。だから同年代の子供らと遊びに行くのも難儀だった……と、だんだん口を尖らせて愚痴みたいになっていくのが、微笑ましい。

「さっきも、かよ坊にはあんたの姿が見えていたんだろうね」

妹だとわかった時から、薄々気づいていた。貞吉の未練は妹だ。死んでも、妹のことが心配で、気にかけていたからだ。

「でもね、貞吉。あんたはこのままじゃいけない。お父っつぁんやおっ母さんが言ってたみたいに、仏様のところへ行かなくちゃ」

「だけど、かよがまた泣くかもしれない。おいらを呼ぶかもしれない」

「大丈夫だよ。あの子だって、いつまでも泣いてやしないさ。これからどんどん大きくなって、いろんなことが自分でできるようになるからね。それまでは、お父っつぁんおっ母さんが、あの子を大事に守るよ。……まあ、今日はうっかりしちまったみたいだけど」

貞吉は顔をあげて、るいを見た。まだ少ししょげたふうに、

「かよは、おいらのことを忘れちまうかな」

「そんなことないよ」

るいは優しい声で言ってやる。

きっと、そんなことはない。

「小さくたって、それが幾つになったたって、大好きな兄ちゃんのことを忘れるもんか」

「……うん」

貞吉はうなずいて、すん、と鼻を啜った。

るいは手を伸ばして、その頭を撫でてやる。両親の代わりには到底ならないけど、それでも。

「あんたは、いい子だね」

貞吉はくすぐったそうに顔をしかめていたが、ふと何かに気づいたように、頭上の松の枝を見上げた。

いきなり立ち上がったので、どうしたのかと思えば、貞吉は幹に手をかけ足をかけてまたも木に登ろうとする。

よくよく木登りが好きらしいとるいが呆れて見ているうちに、貞吉はよいしょよいしょと太い幹を伝い、下のほうの枝を摑み、さらに高い枝に手を伸ばした。

「どこまで登るの？」

声をかければ、てっぺん、と返事があった。

「うんと高いところからなら、もういっぺん、父ちゃんや母ちゃんやかよが見えるかもしれない」

「そう。……そうね」

るいも裾を払って立ち上がり、松の幹にもたれかかった。参道のほうは相変わらず、たいそうな混雑ぶりだ。それを眺めながら、そういえば冬吾様はどうしたかしらと思っていると、「あ、見えた！」と頭上のはるか高みから、嬉しそうな声が聞こえた。

「父ちゃんがかよを抱いて、三人で歩いてる。一の鳥居を出て、家に帰るんだ。母ちゃんが団子屋を指差してる。あそこの団子、父ちゃんの好物だ」

境内の松からは見えるはずのない光景まで見渡して、貞吉ははしゃいだ声をあげている。

「あれ、四串も買ってる。父ちゃんと母ちゃんと、かよと……あ、おいらの分だ。母ちゃんが、貞吉にもあげようねって言ってら」

「よかったねえ」

るいはもたれていた幹から、身体を起こした。よかったね、貞吉。もう一度呟いて、枝を見上げた。

「すぐとはいかないけど、あんたは、いつかちゃんとお父っつぁんにもおっ母さんにも妹にも、会えるよ。その時は、うんと抱きしめてもらいなね」

声をかけた松の木の梢に、子供の姿は、もうなかった。

三

「あ、ナツさん」

四つ半の鐘を聞いてひとまず拝殿の裏に戻ってきたるいは、冬吾の傍らにナツがいるのを見て、目を瞠った。

「あたしも祭り見物にね。そうしたら境内で、この男とばったり出くわしたものだから」

人混みに揉まれてすっかりくたびれた様のるいに、ナツはおやおやと眉を寄せる。

「聞いたよ。境内にいる幽霊を成仏させるんだって？　ずいぶんと難儀しているみたいじゃないか」

「ええ、そりゃもう」

るいはげんなりと言ったが、同じように冬吾がうんざりした顔でいるところをみると、やはりこの人出の多さには手こずったのだろう。

どんな具合だと訊かれて、るいは肩をすぼめた。

「すみません。一人は成仏したんですけど、事情があって簡単にいかない人が一人いまして……。他の人までは手が回りませんでした」

おうのと貞吉との経緯をかいつまんで報告する。

「こっちは二人だ」冬吾は顔をしかめた。「残りはあと五人ということか。これでは、思ったより時間がかかりそうだな」

聞けば、冬吾が見つけた二人は、中年の町屋の女房と老人とのことだ。女房は夫の浮気のことでさんざん愚痴をたれ、言うだけ言うと気が晴れたらしくあっさり成仏したが、難物はもう一人の老人のほうであった。

「少し呆《ぼ》けた爺さんで、そのうえ耳が遠いときたものだ」

老人は彼岸に渡る前にちょいと賑やかな場所に立ち寄っただけのようで、特に未練というものはなかったらしい。いくら成仏を説得しても、にこにこしながら「はあ？」と聞き返してくる。聞き取ったこともすぐに忘れるから、また最初から説明しなおさなければならなかった――と、冬吾がむっつりと言うのを聞いて、るいはぶっと噴き出した。

「何が可笑《おか》しいんだ？」

じろりと睨まれ、慌てて「すみません」と謝る。しかし、耳に手をあてた老人に何度も同じことを聞かれて困惑している冬吾の顔を想像すると、ついつい口元が緩んでしまった。

ナツも同じだったようで、こちらは遠慮なくころころと声をたてて笑ってから、渋い顔をしている冬吾を尻目にるいに向きなおった。

「その、おうのって女のことだけどね。よければ、あたしが八丁堀まで行ってきてやろうか？」

「え、でも」

近くというわけではないし、そこまでしてもらうのは悪いと思ったのだが、

「なに、かまわないさ」ナツは涼しい顔で言う。「時間が惜しいんだろ。あんたより、あたしが行ったほうがよっぽど早いよ」

どういう意味だろうとるいは首をかしげたが、時間がないのは本当だし、冬吾も反対する様子はなかったので、ここはありがたくナツの言葉に甘えることにした。

「それじゃ、すみませんがお願いします」

おうのが住んでいた永沢町の家の在所を告げると、ナツはニッと唇の端を引いて、

「もし娘夫婦が江戸に来ていたら、祭りを見に来るようにせっついてやろうか」

「できるんですか、そんなこと?」

「やりようはいくらでもあるさ」

「じゃ、じゃあそれもお願いします」

ぺこりと頭を下げたるいに、ナツはすいと自分の顔を寄せた。

「――そうそう。さっき、作蔵を見かけたよ」

「お父っつぁんを? どこにいました?」

そっちも気にはなっていたのだが、とてもとても探している暇などなかったのだ。

「今はわからないけど、あたしが見た時は御神酒所《おみきしよ》だった。ちゃっかりと酒をくすねて

いたみたいだねえ」

「えええぇ⁉」

もう何をしてるのよお父っつぁんたらっ……と、るいは思わず天を仰ぐ。

娘がせっせと人混みの中を走り回ってるってのにと、恨み言のひとつも言いたくなる。

いやそれより、酔っぱらっておかしな騒ぎを起こしたりしなきゃいいけど。それだけは勘弁だ。

「まあ、あたしも戻ったら、作蔵のことは気にかけておくよ」

じゃあ行ってくるよとひらりと手を振ったナツに、るいは「いろいろすみません」と、また頭を下げた。


いったん境内の外に出て腹ごしらえをすませた後、ふたたび幽霊探しが始まった。

昼飯の間に冬吾ともう一度話し合い、あらためてそれぞれがどの幽霊を分担するかを決めた。おうのの件はひとまずナツが戻ってくるのを待つとして、るいが成仏させなければならないのは、あともう二人だ。

次に拝殿の裏で落ち合うのは八つ半（午後三時）。冬吾と別れてから、るいは絵の写しを取りだし、自分に振り分けられた二人の幽霊の居場所を確かめた。どちらも男である。一人は絵の中ほど、つまり参道から少し東にずれたあたりで、両手を上に差し上げ驚いた顔をしている。まるで「おったまげたあ」とでも言っているみたいだ。もう一人は絵の奥のほう、境内にある池の縁に立っていた。

まずは「おったまげた」男を探そうとしたが、それと見当をつけた場所に行ってみても、それらしき姿はない。というより、よく見えない。参道に近いせいで、その辺りも人がまるでおしっくらでもしているみたいに混んでいたからだ。

そのうち人波から押し出されてしまい、これじゃ無理だわと、るいは憮然とため息をついた。「おったまげた」男がここにいないとすれば、絵の中の幽霊たちは、実は場所を変えて好きにうろつき回ることもできるのかもしれない。それは困る。だが、ここにいられても、やっぱり困る。相手を見つけだしたとしても、こんなに人が多くては、話を聞いて成仏させるなんて到底できやしない。

ともかく姿がないのではどうしようもないので、こちらもおうのと同様に後回しにして、るいは池のほうへと向かった。

(あ、いた)

ありがたいことに、池の端の男はちゃんとそこにいた。

年の頃は二十歳過ぎ。何をするでもなく、ぼうっと空を見上げている。細身になで肩、ちょいと猫背のなよやかな体軀に高価そうな着物とくれば、これは間違いなく取り柄は親の金と育ちの良さという、どこかのお店の若旦那だ。

「あのぉ。何をしているんですか？」

隣に立って声をかけると、男は視線を下げ、るいを見た。そうして、ほわっと笑った。

「おや驚いた。おまえさん、私が見えるんだね」

「ええ、まあ」

「ちょうどよかった。ここじゃ誰も私にかまってくれなくてねえ、ずっと暇で困っていたんだよ」

確かに、見るからに何もしていなくて暇そうだ。

「それなら、成仏すればいいじゃないですか。何もここにいなくたって」

しかし若旦那はお気楽そうに着物の袖をひらひらさせながら、それは嫌だと言う。

「私にだって、未練てものがあるんだよ」

「あるようには見えませんけど」

そんなにあっさり言わなくてもと、若旦那は情けない顔をしてみせた。

「まあ聞いておくれな。私だってね、この歳で儚《はかな》くなったおのれの身の不運を嘆いたところで、それはもう詮無《せんな》いことだと思うのさ。だけどね、どうしてもひとつだけ、これだけはと心残りに思うことがあってねえ」

「何ですか、その心残りって」

「もっと遊びたかったなあ」

とたんに世に言う放蕩息子の遊びのあれこれが頭をよぎって、るいは呆れた。

「その口振りだと、生きてる間に相当遊んでましたね」

「とんでもない。全然、遊び足りないよ」

若旦那は大きなため息をついたが、るいも一緒に息を吐いた。

(こういう未練て、どうすればいいのよ?)

すると若旦那は、妙案が浮かんだとばかりに、ぽんと手を叩いた。

「そうだ。おまえさんが相手をしておくれよ」

「は?」

「だから、私の遊びにつきあっておくれ」

「はあぁ!?」

つきあえって、つまりこの男はあたしにあれとかこれとかしろと言うのかと、るいは思わず身構えた。

「あ、あの、あたし、そういうのはよく——」

おおいに焦って言いかけたところで、目を瞬かせる。

若旦那はいきなり、ぴょんと駆けだした。

そうして少し先で振り返り、ひらひらとるいに手を振って、

「そらそら、追いかけっこだ。私が逃げるから、おまえさんは捕まえとくれ」

楽しそうに笑って、また走り出す。

「……ええっと」

つまり、とるいは思った。

(遊びって、そっちの遊びのこと……!?)

「ああ、楽しいねえ。愉快だねえ」

それから四半刻もの間、るいは逃げる若旦那を追いかけて、境内の方々《ほうぼう》を駆け回る羽

目になった。なかなか追いつけなかったのは、相手はするりと人混みを突き抜けるのに、こちらは「すみません」「通して下さい」としょっちゅう謝りながら人々の間を掻き分けていかなければならなかったからで、これは不公平だとるいは憤慨した。

しかも若旦那ときたら茶店の屋根に飛び上がったり、参詣客の頭の上をひょいひょいと飛び越えていったりと、やりたい放題である。

しかし最後に、若旦那が面白がってぐるぐるとトンボをきったあげく目を回してひっくり返ったものだから、ようやく追いついて捕まえることができた。

るいに袖を摑まれたまま、地面に大の字に寝っ転がって若旦那は愉快だ愉快だと笑っている。

「ど、どこが……ぜんっぜん、愉快じゃ、な……っ」

地面にへたり込み、ぜいぜいと息を切らしながらるいが睨むと、若旦那はようやく身体を起こした。

すまないねえと気の抜けるような笑顔で言われ、るいは袖から手を放した。

気づけばそこは、もとの池のそばである。若旦那が水縁の草の上に座りなおしたので、るいもそれにならって息をついた。

「……私は子供の頃から病がちで、こんなふうに外で遊んだことなんて、一度もなかったんだよ」

やがて若旦那が漏らした言葉に、るいは目を見開いた。

「一度も？」

「長くは生きられないと、ずっと言われていてね。今はこんななりをしているが、たいてい寝間着で床に臥せっていたから、こんなにきちんと着物を身につけて外へ出ることもあまりなかったんだ。近所の子供らと外を駆け回って遊ぶことなんて、とてもじゃないが無理だった」

歳を重ねても丈夫になるどころか、身体はどんどん衰弱していって、幾つもの病を抱え込みついに力尽きた。

「嬉しいねえ。誰かと遊ぶというのは、こんなに楽しいものなんだねえ」

晴れ晴れと言うのを聞いて、そうかとるいは思った。追いかけっこも、この人は初めてだったんだ。

だったら、仕方がないじゃないか。こうなったら乗りかかった舟だ。

「じゃ、他にも遊びます？　竹馬とか、目隠し鬼とか。なんなら、相撲《すもう》でもいいですよ。

とことんつきあいます」

若旦那は驚いたようにるいを見てから、顔をくしゃくしゃにした。

「女だてらに私と相撲をとるってのかい？」

「こう見えてあたし、腕っ節は強いんです」

あははと笑って、そうだねきっと私よりは強いねと、若旦那は言う。

その声が、ふうっと透き通った。

「おまえさん、優しいねえ」

でも、もういいよ。十分だ。もう十分、楽しくて嬉しかった。

るいは傍らの男を見た。穏やかな笑顔が、秋の陽射しに透き通って、薄れてゆくのを見つめた。

最後の一言が、耳に届いた。

――ありがとう。

さて、ちょうどその頃。

「おっと、こいつぁおったまげた！」

永代寺の本堂の裏で、奇天烈《きてれつ》な大声があがった。

祭りの参詣客がはける裏門からも離れているため、あたりに人影はない。八幡宮の拝殿付近の混雑ぶりとはうってかわって、蟬時雨《せみしぐれ》と遠くの人々のざわめきばかりが聞こえてくる場所である。

もっとも人がいたとしても、その声は聞こえなかっただろうし、ましてや本人の姿を見る者はいなかっただろう。

一人だけをのぞいて。

「あぁ？　何がおったまげただ。なんだ、てめぇは？」

本堂裏の漆喰《しっくい》の壁から、作蔵はぬっと顔を突き出して、相手をじろりと睨んだ。些かろれつが回っていない。同じく壁から突き出た手に、酒の入った升《ます》を摑んでいる。

「俺ぁ、志《し》ん吉《きち》ってんだ」

「そうかよ。俺は作蔵だ」

互いに名乗りをあげた後で、大声の主は「てめえ、この野郎」と片袖をまくりあげた。

小柄だが筋骨たくましい、三十路《みそじ》半ばとおぼしき男だ。

「てめえは狐か狸か、はたまた妖怪か？　壁から頭なぞ出しやがって。化けもののくせに、寺に出てくるたぁいい度胸じゃねえか」

「おうおう、てめえの目は節穴かよ。俺のどこに尻尾がついてるってんだ？　幽霊に化けもの呼ばわりされる筋合いはねえや」

「節穴たぁ聞き捨てならねえ。俺ぁ、穴の空いた木はでえっ嫌《きれ》ぇなんだ。そんな安材木で普請するほど、こちとら落ちぶれちゃいねえからな」

その言葉に、作蔵は「おっ」と声をあげた。

「おめえ、大工か？」

「それがどうしたい」

「俺は鏝《こて》持《も》ちよ」

今度は志ん吉が目を丸くする。

「なんでぇ、おめえは左官か」

「ま、今は塗るより塗られちまうほうだがな。娘なんざ、俺のことをぬりかべだなどと言いやがる」

「それを言うなら俺だって、元がつくことにかわりはねえ」

志ん吉は肩までまくっていた袖をおろして、ケラケラと笑った。

「壁塗りがぬりかべになっちまったのかよ。こいつぁいいや」

「けっ。言ってやがれ」

作蔵は酒をくいとあおると、升を志ん吉のほうに突き出した。

「おめえ、いけるクチか？」

「たりめえよ」

「なら一杯やんな。遠慮すんな、ふるまい酒だ。まだそこに、たんとあらあ」

見れば壁の下に、徳利が転がっている。どうやってここまで持ってきたものやら、先刻、御神酒所で作蔵が酒ごとくすねてきたものだ。

志ん吉は壁の前に胡座《あぐら》をかいたが、差し出された升を受け取ろうとはしなかった。

「悪いが俺ぁ、その升は使えねえ」

「なんだ、幽霊てな不便なもんだな」

じゃあどうすると作蔵が言えば、志ん吉はにやりとして、おのれの懐から盃《さかずき》を取りだした。

「こいつは俺が死んだ時に、棟梁《とうりょう》があの世でも酒が飲めるようにってぇ、供えてくれたものだ。ありがてぇよ」

「なるほどそいつぁ、気が利いてら」

作蔵は手を伸ばして徳利を拾い上げ、自分と志ん吉の分を注いだ。

「ところでおめえ、なんだってこんなところをフラフラしてやがったんだ？」

それがな、と志ん吉は、盃を口に運びながら顔をしかめた。

「気がついたら八幡様の祭りに来ていたんだが、これがまた、まわり中が人だらけときたもんだ」

「そりゃ当たり前だ。人がいなきゃ祭りなぞ屁みてえなもんだ」

「けどよ、そいつらが皆、断りもなくぞろぞろとこっちの身体を突き抜けていきやがる。いくらこっちが死んでるからってよ、礼儀ってもんがあらあ。それで腹に据えかねて、ちょいと人のいない場所を探して来てみたら、おめえさんに出くわしたってわけだ」

そうかそうかと、作蔵は相手の盃に酒を満たした。

そもそもどうして死んだのかと訊けば、普請場で屋根から落ちた、打ち所が悪かったと志ん吉は言う。

「そりゃまた、マヌケな話だな」

「違《ちげ》ぇねえ」

二人そろって声をあげて笑い、まあ飲めもっと飲めということになり、こうしてぬりかべと幽霊が寺の本堂裏で酒をかっくらい、愉快に盛り上がるという光景が人知れず繰り広げられたのであった。

境内の水茶屋に入って、からからに乾いた喉を麦湯で潤してから、さあ次はどうしようかとるいは思案した。

これで二人成仏したが、残り二人が厄介だ。おったまげ男はどこにもいないし、おうのこともすぐには片付かない。

考えること、しばし。るいは追加で団子を注文すると、丸呑みする速さでそれをたいらげてから、立ち上がった。

(やっぱり、おったまげた人のほうが先だわ)

少なくとも、おうのは居場所が知れている。るいに今できるのは、境内をもう一度巡って、最後の一人を探すことだ。

水茶屋を出ると、るいは「よし！」とおのれに活を入れて歩きだした。日が暮れるにはまだよほどに早い時刻だが、それでも陽射しの色と角度は夏のそれとは違っている。

その分、昼間の時間も短くなっているのだから、急ぐにこしたことはない。

手を庇《ひさし》のように額にかざし、まずはあたりをぐるりと見回してみる。男の背格好や着物の色柄などもすっかり頭に叩き込んだつもりだが、相変わらずの人の多さで、目の前を行き交う人々に遮られて遠くまではとても見渡せなかった。

(いっそ貞吉みたいに、木に登ったほうが早いかも)

かなり本気でそんなことを考えながら、表門へと向かう。青連の絵に描かれていたのは二の鳥居から先の境内の光景である。その外側にある表門の付近には今まで目を向けていなかったことを、思い出したのだ。

だが、まだ鳥居をくぐりもしないうちに、人混みの中からぽんとるいの肩を叩いた者がいた。

「……ナツさん⁉」

るいは振り返ると、人いきれの中ですら一人涼しげな顔で目の前に立っている女を見て、ほっと安堵した。

「八丁堀に行ってきたよ」

「そ、それで、どうでした？　おうのさんの娘さん夫婦は……っ」

るいが勢い込んで言いかけるのを、ついと人差し指を立てて黙らせて、ナツはうなずいた。

「ちゃんと来ているよ。息子も連れて、もう参詣の行列に並んでる」

「本当ですか⁉　……ああ、よかったぁ」

これでおうのは、孫に会うことができる。よかった。これで彼女は成仏してくれる。よかった。

「ありがとうございます！」

ナツに頭を下げ、はずみで後ろにいた参詣客にぶつかって大慌てで謝ってから、じゃああたしおうのさんに伝えてきますと、るいは勇んで駆けだした。

「あ、ちょっと、お待ちよ」

ナツが声をかけた時には、その姿はもう人々の間に消えている。呆れたねと呟いて、ナツは微笑んだ。

「せっかちだねえ。まだ話はすんじゃいないってのに」

「あらまあ、娘だわ。久しぶりだこと」

参詣の順番を待つ人々の中に娘の顔を見つけて、おうのはニッコリと笑った。すぐに視線が隣にいる夫に、そしてその肩に肩車をされている幼い男の子に向けられる。

「あの子ね。やっと顔を見ることができたわねえ」

これで念願がかなったとおうのは言って、傍らのるいに会釈をすると、佇んでいた場所から足を踏み出した。

その姿がひしめく人々の中に消えたのを見送り、るいはその場を離れた。そうして人混みを抜けてから、もう一度参道を振り返った。

ゆっくりと進む人の流れの中で、父親の肩に座る子供の頭は一段、高い。ふと子供は何かに気づいたように下を見る。すると人々の頭の間から白い着物の腕が伸び、その頬を優しく撫でるように指で触れて……一寸の間の後に、かたちを失い、消えていった。

三人目の成仏を見届けて、るいは空を見上げた。

鱗《うろこ》のような雲を浮かべて、秋の空は深く青い。綺麗だな、と思った。胸がつんと痛くなるほど、綺麗な青色だ。

その時、八つ半の鐘が鳴った。

四

拝殿の裏に戻ると、冬吾とナツが待っていた。

首尾を訊ねられ、「三人です」とるいが答えると、ナツがうなずいた。

「おうのって女は無事に成仏したみたいだね」

「はい。ナツさんのおかげです」

くだんの娘夫婦と孫をここまで連れてきてくれたから。るいがそう言うと、ナツは笑った。

「あたしは何もしちゃいない。本当に、ただ見に行っただけだ」

「でも」

「娘夫婦はちゃんと江戸に来ていたし、先におっ母さんの墓前に手をあわせに行っていたとかで、こっちへ出向くのが少々遅くなったみたいだね」

ナツが見た時には、親子三人でちょうど祭りに出かける支度をして、その家の主である兄一家に挨拶をしているところだったという。

それなら急ぐこともなしと、ナツはあとをついて行って、彼らが参道に入るのを見届けてから、るいに知らせにきたのだ。

「そうだったんですか」

それでもナツの助けがありがたかったことに、かわりはない。

「――それで」

割って入った声に、るいは慌てて冬吾に向きなおった。

「あと一人は、成仏に何か問題があるのか？」

「ええと、問題というか……姿が見えないんです」

るいは絵の写しを広げて、この人ですと「おったまげた」男を指差した。

「他の人たちは絵に描かれたところにいたのに、この人だけ、いないんです」

「いない？」

冬吾は眉をひそめた。探す相手が勝手にあちこちうろついているのなら面倒だと、やはり思っているらしい。

「やむをえない。今度はその男を手分けして探すしかないか」

「でも、冬吾様のほうは」

「こちらは全員すんだ」

冬吾が受け持った残り二人は、つつがなく成仏したという。

「だからその写しにある八人のうち、残っているのはその男一人だ」

しかしそれが難題なのだ。境内は途方もなく広く、そこにはこれでもかと人が詰め込まれていて、さらに困ったことには、男が自由に動き回っているのならばすでに寺社の敷地の外に出ていった可能性さえあった。

「でも、どこかへ行っちゃったのなら、もとの絵の中からも消えるんじゃないですか？」

と、るいは言ってみたが、冬吾の渋い顔は変わらない。

「そう都合のよいものかどうか」

消えるかもしれないが、消えないかもしれない。本人の未練は消えぬまま、絵にそのまま姿が残ったらどうすると言われ、るいは肩を落とした。

すると突然、傍で聞いていたナツが小さく噴き出した。クックッと喉を鳴らすように笑っているから、何だろうとるいは首をかしげた。

「ナツさん？」

「いやね、さっきあんたが素っ飛んで行っちまったから、言えなかったんだけどさ」

おうのの娘夫婦のことを、るいに伝えた時だ。

「作蔵は永代寺の本堂の裏手にいるってさ。酒を飲んで相当、酔っぱらっているみたいだよ」

「ええっ」

るいは文字通り飛び上がった。うわあどうしよう、お父っつぁんたら酔っぱらうと本当に何をしでかすかわからないもの、あたしが前に奉公先を放り出されたのだってお父っつぁんが酒を飲んで騒いだせいだし……と、おおいに慌てたせいで、ナツの言葉が伝聞であることに、るいは気づいていなかった。

「心配なら、先にそっちに行って、ちょいと様子を見てきちゃどうだい？」

ついでに、ナツが口元を袖で隠し、その陰でさも面白そうに唇の端を震わせたことも、るいは知らなかった。

「……冬吾様っ、あの、あたしちょっと、あの……！」

「行ってこい」

「いいんですかっ？」

「足踏みしながら聞くな。四半刻以上は待たんぞ」

「はい――！」

寺の方角へ転がるように駆けていくるいの背中を見送って、冬吾はふんとひとつ鼻を鳴らすと、ナツに目をやった。

「作蔵のことを誰から聞いたんだ？」

「さあて」

ナツは猫のように目を細めて、ふふと笑う。

「ここにも、知り合いくらいはいるからねぇ」

「その様子からすると、寺の裏にいるのは作蔵だけではないだろう」

返事はなく、ただ柔らかな笑い声だけが返った。


（もうもう、お父っつぁんたらっ）

駆けに駆けて、永代寺の本堂まで来た時には、すっかり息があがっていた。考えてみたら今日はずっと、人にもみくちゃにされているか、走り回っているかのどちらかだ。

いい加減くたびれてその辺に座りこみたくなるのを我慢して、るいは本堂の裏手をのぞき込んだ。

普段からあまり人の通る場所ではないのだろう。頭上に茂る樹木の影が、鬱蒼《うっそう》と濃い。空気は湿っていて泥土の匂いがする。——が、今ばかりはそれに、別の匂いがぷんぷんと混じっていた。

(酒くさっ)

「お父っつぁん!」

呼んでみたが、応じる声はない。聞こえるのはただ、午後も遅くなって威勢をなくした蟬の声と、裏門から橋の方角へと帰ってゆく人々の遠いざわめき。そして——。

(なに、これ)

ごおお、がごご、と何か大きな動物の鼻息のようなものが空気を震わせていた。

耳をすませて音の出所をたどると、寺の古びた塀に突き当たった。その下の地面に、空になった徳利と升が転がっている。

その壁が、ごおお、ぐおおと小刻みに揺れながら、奇天烈な音をたてていた。

「………」

るいは物も言わずに拳を握ると、ドカッと塀を殴りつけた。

とたん、盛大に鼾《いびき》をかいていた作蔵が、「うおっ⁉」と悲鳴をあげる。

「──お、お辰《たつ》、すまねえ、もうしねえから勘弁してくれいっ」

「おっ母さんじゃないわよ、あたしだってば！　まったく、何やってんのよ、お父っつぁん。お酒は駄目だっていつも言ってるのに、こんなに酔い潰れて……！」

てやんでえとか何とか、むにゃむにゃした声が聞こえたが、すぐまた壁は鼾をかきはじめた。

「ちょっと、起きて、お父っつぁん！」

るいは拳でぼかぼかと壁を叩いたが、ぐでんぐでんに酔った作蔵は目を覚まさない。

すると、

「あんたが、るいさんかい？」

突然、別人の声がしたので、るいはぎょっとした。

慌てて見回すと、少し離れた壁際の木陰に足を投げ出して座っている者がいた。木々の葉の間から射し込む陽はもうだいぶ斜めになっていて、光のあたる場所が眩《まばゆ》いぶん、そうでないところは暗みに沈んでいる。それで、陰にいたその男の姿に、すぐには気づかなかったのだ。

「作蔵さんが、娘がいるって言ってたからよ。まあまあ、そんなに親父さんを叱らないでやってくんな」

よいしょと立ち上がって木陰から出てきた男は、生身の人間ではない。幽霊だ。

（あれ、この人？）

しげしげと相手を見て、るいは首をかしげた。

なんだか、どこかで見たことがあるような気がするけど……。

「あの、どちら様ですか？」

「おっと悪い。俺ぁ、志ん吉ってんだ」

さっきここで作蔵と会って、すっかり意気投合した。一緒に楽しく酒を飲んでいるうちに、作蔵が先に酔い潰れてしまったと、志ん吉は言った。

「すみません。お父っつぁんは、実はそんなにお酒が強いほうじゃなくて」

「いや、俺もこうして飲んでみてわかったんだけどよ、人間てなぁ一度死んじまうと、酒で酔った気にはなれても、本当に酔っぱらうこたぁできねえんだな。俺ぁもう死んだんだなあって、しみじみ思ったぜ」

（やっぱりこの人、どこかで見かけたわ）

そう思ったとたん、るいは「あっ」と声をあげた。

顔とか着ているものの色柄とか、知っているのも当たり前だ。この男はあの絵の写しに描かれていた、

「『おったまげた』男――！」

「はぁ？　なんでぇそりゃ」

「だって、驚いてたでしょ。なんか知らないけど、ほら、こんなふうに」

るいは両手を上にあげて、「おったまげた」という格好をして見せた。

「ああ、そういやぁ」

志ん吉は指で自分の頰を掻きながら、「暗いところを一人で歩いてたら、いきなりあたりがぱっと明るくなって、賑やかなところにいてよ。俺ぁ、てっきり極楽に着いたと思ったんだ。そのわりに、三途《さんず》の川を渡ってもいなきゃ、閻魔《えんま》様にも会ってねえ。なんでぇ話に聞くのとずいぶん違うと思いながら、よくよくまわりを見たら、八幡様のお祭りにいるじゃねえか。いやもう、おったまげたのなんの」

「あ、そういうこと」

何かもっと他に、深い理由があるのかと思った。何か、この世の未練に関係するよう

なこととか。

(本当にただ、驚いてただけだったのねぇ)

「けどよ、なんだってそんなことを知ってんだ?」

「それは」まあ、隠すことでもない。「あなたを探してたんです」

「俺を?」

「死んでもこの世にとどまっているってことは、何か未練があるってことでしょう? だから、どういうことか話を聞けば、成仏するお手伝いができるかもしれないと思って」

るいの言葉を聞いて、志ん吉はしばし考え込んでいたが、

「いや、そいつはもういいや」

あっさりと言った。

「でも」

「そりゃな、未練はあったさ。てめえでも往生際が悪いたぁ思うけどよ。やりてぇことも、思い残したことも、幾らでもあったから」

大工としての腕を磨いて、独立して、いつかは棟梁にと思っていた。それにはまとま

った金が必要だから、日々の生活を切り詰めて少しずつ貯めていた。独り者だから、そろそろ嫁も欲しかった。望みはいくらでもあった。

「それがもう一切合切《いっさいがっさい》叶わねえと思ったら、やっぱり口惜しいじゃねえか。てめえのうっかりで死んだんだから誰を恨む筋合いもねえが、こう、なかなか踏ん切りがつかなくてよ」

「うーん」

るいは眉根を寄せて、真剣に首を捻った。

「そういう場合はどうしたらいいでしょうね」

「いやだから、もういいんだよ」

どうしてと訊くと、志ん吉は今も鼾をかいている壁のほうに目をやって、朗らかに笑った。

「作蔵さんがな、俺のことをマヌケだって笑うんだよ。違《ちげ》ぇねえ、屋根の上で足を滑らせるなんざ、マヌケもいいとこだ。で、その後で俺がもっと大工の仕事をしたかった、いずれ棟梁になりたかったって言ったら、今度はそりゃ無念だ、悔しいなあって泣くんだ。わかるわかるって、涙をぼろぼろ流してよ」

「お父っつぁんが、そんなことを……」

そういえば、昔から作蔵には涙もろいところがあった。でもぬりかべになってからは、作蔵が泣くのをるいは一度も見たことがない。壁だから、涙が出ないのかと思っていた。

「おかげで俺も、一緒になって笑うことも泣くこともできた。二人で酒を飲みながら、ずうっと笑って泣いてを繰り返してたら、なんていうか胸の中につっかえていたもんがいつの間にか、すうっと軽くなっててよ」

たいしたことじゃないと笑って、でもやっぱり死んで悔しいと泣いて、もう誰にも言うことのできなくなった思いを聞いてもらうことができた。どこにも持っていきようのなかった気持ちを、それがわかると言ってもらえた。

「ようやく、もうこれでいいって思えたのさ」

作蔵に一言、礼が言いたくて、こうして目を覚ますのを待っていたと志ん吉は言う。

「けどこの様子じゃ、当分起きそうもねえしなぁ。あっちに行くと腹を括《くく》ったからには、俺もいつまでも待っちゃいられねえ。——なぁ、あんた、悪いが頼まれちゃくれねえか」

志ん吉はるいに片手で拝む真似をして、いや死人に拝まれたくはねえよなとすぐに頭を掻いた。

「作蔵さんに伝えてくれ。——楽しかったぜ、うめえ酒をご馳走になったって、な」

志ん吉が去った後、るいは壁の前で「お父っつぁん」ともう一度呼びかけてみた。が、案の定、返事はない。作蔵は相変わらず、鼾をかいて眠り込んだままである。

仕方がないので今はこのまま放っておいて、あとであらためて起こしにくることにした。冬吾に志ん吉のことを報告しなければならないし、これ以上ぐずぐずしていたら約束の四半刻に間に合わないからだ。

考えようによっては、へたに起きて騒ぎだすより、こうしてお父っつぁんが酔い潰れていてくれるほうがいっそありがたいと、るいは思った。誰かがこの鼾を聞きつけたりしたら困るけど、八幡様のお祭りの日にわざわざこっちの寺の裏側までやって来る酔狂な人間もそうそういないだろう。

「あのね、お父っつぁん。——志ん吉さんが、楽しかったって」

あとでお父っつぁんが目を覚ましたら、ちゃんと伝えなくちゃ。

「だから、今日のところは大目に見てあげる」

でも次にやったらもう許さないんだからねと、壁に向かってしかめっ面をして見せて、るいはその場から駆けだした。

五

拝殿の裏に駆け戻った時には、四半刻をすでに過ぎていた。

「遅い」

予想していたとおり不機嫌この上ない様子の冬吾だったが、それでもるいを待っていてくれたらしい。

「す、すみませ、でし、た」

ぜいぜいと息を切らせて謝ってから、あれナツさんはとるいはあたりを見回した。

「先に帰った。手伝えることはもうないと言ってな」

「そうで、す、か」

それからようやく息を整えて、るいは志ん吉のことを冬吾に話した。

「ほう」

九十九字屋の主がちょっと意外そうな顔をしたのは、作蔵が幽霊の成仏を手助けすることになるとは思わなかったからだろう。作蔵本人に、そういう意図はまるきりなかったにしてもだ。

「これで八人、成仏したな」

「はい」

やっと終わったとホッとしたのも束の間、次の冬吾の言葉に、るいはぽかんとした。

「では、残るは最後の一人だ。行くぞ」

「ええっ？　幽霊は八人じゃないんですか⁉」

だって絵の写しには八人の人物しか描かれていない。それなのにもう一人とは、どういうことだろう。

「いつの間に増えたんですかっ」

「増えたわけではない。最初からいた」

すでに冬吾は歩きだしている。るいは慌てて追いかけながら、

「じゃ、じゃあどうして写しのほうに描かれてないんですか？」

「あとから絵の中にあらわれた人物ではないからだ」

るいは首を捻る。もっと意味がわからなかった。

「それは……つまり……？」

「その人物は最初から、もとの絵に描き込まれていた。写しのほうを見てみろ。雑な線だが、よく見ればわかる」

るいが懐から絵の写しを取りだして広げると、冬吾が手を伸ばして一点を指差した。

絵の右端。貞吉が登っていた松の木よりも手前。そこに一軒の茶屋がある。

「客がいるだろう」

「はい」

小さくはあったが、床几《しょうぎ》に座る客の姿が、もとの絵から写し取られている。

それまで色のついた人物、つまり成仏させる相手ばかりに目が向いていたので、写しに墨だけの色で描かれた他の人間や風景など、るいは気にも留めていなかった。冬吾に言われて初めて、そこに茶屋があり客がいることに気づいたわけで、それが死者だと言われても困惑する。

「この人が、最後の一人なんですか？」

「そうだ」

時刻はじきに七つ（午後四時）になろうという頃か。あたりはまだ明るいが、陽は大きく西に傾いて、境内には夕暮れの気配が忍びよりつつある。さすがに今から参詣に訪れる者よりも、帰ってゆく者のほうが多いと見えて、参道からは人々の行列が消え、おしっくらをしているような人混みもばらけていた。歩いていて他人とぶつかることもなくなった。

「あのう、冬吾様」

茶屋を目指して足を進める冬吾についていきながら、るいは相変わらず困惑したままでいた。

思い切って目の前の背中に声をかければ、何だと声が返る。

「はじめからいたってことは、その人、初《しょ》っ端《ぱな》から絵に取り憑いていたってことですよね？　どうしてその人だけが、もともと絵に描かれていたんですか？　それに、どのみち成仏させるのだったら、八人が九人でもかまわないじゃないですか。どうして最後にする必要があったんですか？」

冬吾は足を止めると、振り返った。その顔に「うるさい」と書いてある。が、るいは引かなかった。一寸の虫にも五分の魂、いくら奉公人の分と言ったって、今日は朝からさんざん駆けずり回って、くたびれるまで働いたのだ。深川の者なら心待ちにする八幡様のお祭りを、皆と一緒に楽しむこともできなかったのだ。だったらせめて、答えくらいもらったっていいはずだ。

と、それが伝わったのか、冬吾は視線を逸らせて大きく息をついた。

「気がつかないのか」

そう言って、冬吾は境内の端に見えている茶屋を指で示した。

「あの店は、昼間あそこにあったか？」

一瞬何を言われたかわからなくて、るいはきょとんとする。

（そりゃあ、あるにきまって……る？　あれ？）

なかった。

あの場所に、昼間は店なんかなかった。

貞吉のいた松の木は、あの茶屋の後ろのほうにある。若旦那はあちこちの茶屋の屋根の上を飛び回っていた。――いくら気に留めていなかったといっても、あの店がるいの視界に入る機会は幾らでもあったのだ。

でも、店なんか見なかった。あの場所には何もなかった。ただの境内の空き地だった。

るいの表情を見て、冬吾はうなずいた。

「店がなければ、中にいる客も当然いない。だから、最後の一人はこの時刻まで待つしかなかった」

るいは金魚みたいに口を開け閉めした。わからないことが多すぎて、何を訊けばいいのかもわからない。

（この時刻って……？）

折も折、七つを告げる鐘が響いた。

るいは思わず首をすくませる。時の鐘を聞いてこんなにドキリとしたのは初めてだ。

「あの茶屋は、一昨年までは確かにあそこにあった。青連が生きている時にはあったということだ。その後、なにがしかの不都合が起こって、店を引き払ったらしい」

「じゃあ、なぜ今あそこにその店が見えているんでしょうか」

ともあれ、まずその疑問だ。

しかし、それにも真っ直ぐな答えは返ってこなかった。

「青連が描いたのは、祭りの光景であっても昼間ではない、ちょうど今の刻限の風景だった」

「絵を見て時刻までわかるんですか？」

影だ、と冬吾は言った。

「……影？」

「普段我々が目にする錦絵は、地面に落ちる人の影はほとんど描かれていない。だがあの絵は青連の肉筆画だ。律儀に足下の影まで描き込んであったから、その影の長さで陽の高さを測ることができる」

るいは地面に伸びた自分の影に目を落とした。

（なるほどねえ）

それこそ普段は摺《す》りの絵しか見ていないから、影のあるなしなんてさっぱり気にしていなかった。

ひとしきり感心してから、あっそうかとるいはうなずいた。

（だから人がぎゅうぎゅう詰めの絵じゃなかったんだわ。この時間なら人がはけて、境内にそんなに大勢の人間はいないもの）

もう一度絵の写しを眺め、見比べるようにあたりを見回した。

そうそう、ちょうどこれくらいの人数だ。賑やかな盛り場の通りを、人々がそぞろ歩いているくらいの。それで、あんなふうに女の人が二人連れ立って散歩みたいに歩いていたり、人出を避けて参詣に来たお年寄りが息子に手を引かれて歩いていたり、お供を連れたお武家様もいるし、あっちでは家族連れが足を止めて何やら楽しそうに話し込んでいて、あらまあ、何もかもこの絵と同じじゃないの……。

「え、同じっ⁉」

るいが素っ頓狂な声をあげたので、冬吾はまた足を止めて振り返った。

「なんだ、一体？」

「と、冬吾様、大変です。同じなんです、まわりが全部、絵と同じなんです！」

「意味がわかるように話せ」

その言葉はそっくりそのままあなたにお返ししますと言い返している場合ではなくて、るいはもどかしく、目の前の風景と手にした写しを交互に指差した。

「ほら、あの人とか、あの人たちも！　みんな、この絵と同じ場所に同じ格好で立っているんです！　こ、これってどういうことでしょう。まさか絵が本当のことになったとか、それとも、もしかしてあたしたちが今、絵の中にいる、なんてことが……」

自分で言って、るいはうろたえた。

絵の中にいるなんて、そんな馬鹿げたことがあるわけがない。でももし、そうだったらどうしよう。生身の人間が絵の中で暮らすのは、きっと不便に違いない。

「なるほど。不思議だ」

「……すみませんが、毎度その一言で片付けないでください」

「父親が壁の中に入ったのだから、娘が絵の中に入ったところでかまわないだろう」

「あ、そうか……じゃなくて、かまいます！　それとこれとは、全然別の話です！」

心配はいらんと、冬吾は平然としたものだ。

「この刻限が過ぎれば、もとに戻る。たまたま絵の風景と今この時が合致しただけだ。陽が暮れればもう、同じ風景ではなくなるからな」

「そ、そういうものなんですか？」

「そういうものだ」

なんだかちっともわからない。わからないけれど、

(冬吾様が心配いらないって言うのだから、きっと大丈夫)

とりあえず、大きく息を吸って吐いて、落ち着いてみることにした。

と、そこで肝心なことを思い出す。

（あたしが知りたいことに、どれひとつとして、ちゃんと答えてくれてないじゃない）

今、るいが目の当たりにしている境内の風景は、かつて絵師青連が描いた絵の風景だ。ここが現《うつつ》か幻か絵の中か、それはひとまず考えないでおくとして、すでに存在しないはずの茶屋がいきなり出現したのはやはり、それがもとの絵に描かれていたものであるから。うん、そういうことだ。

九人目の幽霊は茶屋にいるのだから、昼間に会うことはできなかった。だから順番が後回しになったと、うん、それもわかった。

冬吾の言葉のいろいろから推察して、納得できることは納得した。

さて。

「あの茶屋にいるお客さんが成仏したら、今度こそもう終わって帰れますよね？　十人目も十一人目もいませんよね⁉」

一応確かめてみると、嬉しいことに「最後の一人だと言ったはずだぞ」と、不機嫌きわまりない冬吾の返事を聞くことができた。

「じゃあ、早くその人の未練を聞いて、成仏してもらいましょう！」

俄然勢い込んだるいだが、冬吾の返事は「それはどうかな」と、またもや曖昧なものである。

「でも、冬吾様。そのためにここに来たんじゃ……？」

茶屋はもう、すぐ目の前だ。

相手が迷ってあの世に行けずにいるのなら、ちゃんと旅立てるようにしてあげたほうがいいにきまっている。なのに、まるでそれが難しいことのような——それを知っているかのような、冬吾の口振りだ。

（……あれ？）

その時。何かが、るいの頭の中でぴんと跳ねた。

どうして、九人目のその人だけが、他の八人とは違って最初から、絵の中に描かれていたのだろう。

どうしてその人だけが、絵の風景と寸分違わぬ、この時と場所にいるのだろう。絵に引き寄せられて、気がつけば祭りの最中にいたという、他の人たちとは違う。まるで、居たくてここに居るみたいな。

（どうして）

その人を描いたのだろう。描くことができたのは、ただ一人。

茶屋の中に、客はその人しかいなかった。九人目の幽霊は、床几に座って手にした紙と筆を使って、何かを書いている。

いや、描いている。

冬吾が前に立つと、その人は顔をあげた。若くして死んだと聞いていたが、確かにまだ青年と呼んでさしつかえない年齢だろう。

「こいつは未練どころじゃない。たいそうな執念だ」

冬吾は深く息をつき、そうして相手の名を呼んだ。

「あんたが、勝見青連か」

六

桂屋の隠居、李兵衛が九十九字屋を再度訪れたのは、八幡様の祭りの終わった翌々日のことであった。

冬吾が座敷の畳の上に預かっていた絵を広げると、老人は感嘆の声をあげた。

「確かに。もとの通りです。私が最初に見た絵のままだ」

これでまた心穏やかにこの絵を眺めることができると、喜んだ。

客と店主に茶を運んでから、るいも傍らに膝をついて絵をのぞき込んだ。

写しのほうばかり見ていたせいか、本物の青連の絵は前に見た時よりももっと色鮮やかに生き生きとして、こちらにせまってくるように思われる。

そうだ、こんな空の色だった。こんな陽射しの具合だった。祭りの日のまだ明るい夕刻の、人々の熱が引きはじめた境内。晴れがましさ楽しさの余韻と、ほんの少しの寂《せき》寥感《りょうかん》。そうだ、まさにあの日のあの刻限だったのだと、今ならるいにもわかる。

るいが出会った者たちの姿は、そこにはなかった。おうのの白い着物も、松の木に登る貞吉も、池の端に佇む若旦那、おったまげている志ん吉も。もう絵の中にいない。冬吾が成仏させた四人も同様だ。

「しかし、これはどのようにして。子細《しさい》なくばお聞かせ願えませんか」

そう訊ねた杢兵衛に、冬吾は隠すことなく、絵に姿をあらわした者たちが死者であったことを伝えた。

「では、死んだ者の霊が絵に取り憑いていたと？」

「そう聞けば怖ろしげですが」

さすがに顔を引《ひ》き攣《つ》らせた老人に、冬吾はゆるりと首を振って見せる。

「祭りの賑わいに引き寄せられた者たちです。彼岸に渡る前にほんの少し寄り道をしてしまっただけで、他意はなかった。ましてや生きているあなたに障りをもたらすような者たちでは、ありません」

そうですよと、るいも思わず身を乗り出した。

「木に登っていた子供は貞吉といって、境内で迷子になっていた自分の妹のために、両親を探そうとしていたんです。白装束のおうのさんは、遠くに嫁いだ娘さんがお孫さんを連れてくるのを待っていて、池のそばにいた若旦那は――」

ぱくん、とそこで口を閉じた。杢兵衛が、呆気にとられて彼女を見ていたからだ。

冬吾がわざとらしく咳払いをした。

「申し訳ありません。不躾《ぶしつけ》なことを」

るいは肩をすぼめて小さくなった。あたしったら、とんだ礼儀知らずだ。お客様との会話にここぞとばかりに割って入るなんて。

あの人たちが全然怖い幽霊たちじゃないってことを言いたかったのだけど、考えてみればご隠居さんは、こちらがどうやって絵の中から彼らの姿を消したのか、知らないんだった。まったくの先走りだ。

いやいやと、杢兵衛は微笑んだ。

「まるで、その者たちとお会いになったような」

「そ、それは、あの」

「会いましたよ」るいをじろりと横目で睨んでから、冬吾はうなずいた。「絵に憑いた者たちなら、あの世へ送れば絵の中から姿を消すだろうと考えましてね。そのためには、それぞれの事情を知って、彼らの未練を断つしかなかったわけで」

「ほう」

「彼らは自分たちが絵の中にいるとはつゆ知らず、ただ祭りに来ているとばかり思っていたようです。それぞれの未練も、こう言っては何だがありきたりなものでしたので、特別な手だてを講じることもなくすみました」

実際に祭りの日に境内に出向いて幽霊探しに奔走した、という話までは、冬吾はするつもりはないようだった。それとて隠さねばならないことではないのだが、いざ相手に説明するとなると時間がかかる。杢兵衛の理解の範疇《はんちゅう》であるかどうかも、疑わしい。つまるところ、語るほうも語られるほうにとっても難しい話というわけで、冬吾にしてみれば面倒くさいというのが本音だろう。

（あたしだって、今でも何がなんだかよくわからないもの）

思い返しても首を捻ることばかりだったと、るいは思う。あの日、へとへとに疲れて筧屋に戻ったるいは、そのままぶっ倒れるように床について、朝まで泥のように眠った。一夜あけて目をさました時には、まるで長い夢を見ていたような気分になったが、作蔵が二日酔いでうんうん唸っていたので、ああやっぱり本当にあったことだったんだとしみじみ実感したものだ。

絵の中にいる者たちに会ったと聞いて、杢兵衛は寺の祈禱《きとう》のようなものを思い浮かべたのかもしれない。あるいは、それ以上を突き詰める気はなかったのか。るいに目を向け、柔らかく笑んだ。

「その貞吉という子の妹は、ちゃんと親のもとに戻りましたか」

「あ、はい」

「おうのという人は、孫に会えたのですか」

「はい」

よかったと、杢兵衛は何度もうなずいた。

「他の方々も皆、きちんと納得して、満足してあちらへ旅立たれたのでしょう。今思えば、他人をひどく恨んだ人たちではなかったというのはわかります。そのような禍々《まがまが》しさは、この絵にはありませんでした。ただ私が、絵に知らぬ者の姿が加わっていくのが、奇妙だ気味悪いと考えていただけで」

「それは無理もないことです」

冬吾は言って、すっと居住まいを正した。

「実はもうひとつ、桂屋さんにはお話ししなければならないことがあるのですが」

「何でしょう」

店主のあらたまった口調に、李兵衛は白くなった眉をあげた。

こちらの、と冬吾は絵を指で示した。

「この茶屋です。ご覧のとおり、ここに客が一人座っている」

「それが」

「この男は、この絵を描いた勝見青連その人なのですよ」

李兵衛は目を瞠り、絵を凝視した。描かれた男をしげしげと見つめ、また顔をあげた。

「では、本人が自分の姿を絵の中に描いていたというのですか。それは……何というか、面白い趣向ではありますが」

絵師がいたずら心で、描いた絵の中におのれの姿を紛れ込ませるというのも、ない話ではないと、老人はうなずく。

「青連にもそういう茶目っ気はあったということでしょうな。しかし、これが青連だとどうしておわかりになったのです？」

自分は生前の絵師に会ったことがないから、絵を見ても本人とは気づかなかった。同じく青連の顔貌を知らぬであろう冬吾に、なぜわかったのかと訊いた。

「それこそ、本人に会いましたので」

平然と言う冬吾を寸の間、困惑したように眺めてから、杢兵衛は「会った……」と小さく繰り返した。

「これは失礼を。御主人は青連のことはご存じないとばかり」

「生きている間の青連は知りません。桂屋さんのこの絵を拝見して、初めて名を知ったくらいです」

「と、言われますと」

杢兵衛はいっそう困惑する。

「お話ししなければならないのは、そのことです。——絵に憑いていたのは、見ず知らずの者たちの霊ばかりではありませんでした。絵師勝見青連の霊もまた、この絵に取り憑いていたんです。いや……」

今も絵の中にいると、冬吾は告げた。

まるで居たくてここに居るみたいな、と。

あの時、るいはそう思った。

みずからが描いた風景の中に、みずからの絵の一部となって、その人はいた。

ずっと、そこにいたのだ。

——たいそうな執念だ。

冬吾がそう言うと、青連は笑った。かくれんぼをしていて見つかってしまった子供が、しまったという表情をしてから笑いだすような、そんな顔をした。

「どうしてわかってしまったのかな」

手にしていた紙を膝に置いて、絵師は首を捻って見せる。

「馬鹿にするものじゃない。おまえさんが描いた絵を見ればわかる」

「わかるかい？」

「知られたくないのなら、もっとおとなしくしていることだ」

「やれ、騒いだつもりはないけれど」

「そうかな。私には、おまえさんが絵の中から大声をあげているように思えたがね」

「私は何と言っていた？」

「描きたい。もっと描きたい。まだ描き足りない」

「ふぅん。欲張りな私だねえ」

あははと声をあげて青連は笑ったが、その声もまた子供のように屈託がなかった。

冬吾は絵師の隣に腰をおろした。

「そちらの娘さんも、お座りよ」

青連に手招きされ促されるまま、るいも床几の端に腰かける。

「もうひとつ、絵の中で謎かけをしていただろう」

冬吾は腕を組み、そこから見える境内の眺めに視線を投げた。

「それもわかったのか」

お手並み拝見と青連が言えば、冬吾は絵師が着ているものを一瞥し、また遠くに目を向ける。

「その柄だ。たいして大きくも描かれていない人物の着物に、細かに菖蒲《しょうぶ》の文様が描き込んであった。菖蒲は一説、花勝見の名で呼ばれることもある。おまえさんの名にひっかけたわけだ」

「お見事。見る者が見ればわかる、というのも面白いかと思ってね。だけど、今は少々後悔をしている」

自分の着物を見下ろして、青連はやれやれとばかり首を振った。

「いざ自分が着てみたら、とんだ時期外れだ。仲秋に菖蒲はなかったな」

困った参ったもう描き直しもできないし、などと口では言っているが、それほど困った顔でもない。

「――絵に自分の姿を描き込んだのは、はじめからこうして絵の中に留まるつもりだったからか」

冬吾が問えば、

「そうだよ」

あっさりうなずいて、青連は語った。――この風景を描いている時に、病に倒れた。

身中に腫れ物があってもう助からないと医師に言われた時に、思い立って、まだ完成していなかった絵におのれの姿を描き加えた。

「私はまだまだ絵が描きたかった。それで思いついたんだよ。生きて描きつづけることが無理なら、死んでから描けばいいとね」

なんともまあ、軽やかに言う。

「案外、うまくいくものだな」

冬吾は境内に向けていた視線を、ゆるりと戻した。

「このままずっと、ここにいるつもりか？」

彼岸に渡る気はないのかと、それは問いかけというよりも、わかりきった答えを確認するかのように聞こえた。

はたして、

「ここを出るつもりはない」

絵師は微笑んだ。

「あの世とはどんなところだろう。極楽だの地獄だのと言うが、そこで私はまだ絵を描けるだろうか」

「さあな。生憎《あいにく》と、どちらも行ったことがないのでね」

「描けないのなら、あの世など私にとっては意味のない場所なんだよ」

穏やかかな、時に軽々とした絵師の物言いの裏に、頑として揺らがないものがあった。

絵を描きたい。

もっと描きたい。まだ足りない。まだ満足していない。

もっと、もっともっと描きたい——！

青連が口を開くたび、そんな狂おしいような声が重なって聞こえて、るいは息を詰めた。

まるで子供のように屈託なく笑うこの人の、その内にあるもの。

どれほどの強い思いであれば、みずからの魂を自分の描いた絵に閉じこめることができるのだろう。迷うのではなくおのれの意志で、此岸にしがみつくことができるのか。

それができたから、あの世でもこの世でもない、祭りの刹那を写し取ったこの場所で、青連はその望みのままに一人、絵筆を握っている。

これを執念と冬吾は言ったのだ。

——成仏させることは、無理だ。

無理だと、るいにもわかった。わかったとたん、寒いわけでも怖いわけでもないのに、ぞっと身体が震えた。

陽がゆっくりと傾いていく。境内の人の、樹の、物の影が伸びた。

青連の声が柔らかく耳に届いた。

「いつかは、あちらへ行こう。でも、今じゃない」

もう十分満足したと。

もう描かなくてもかまわないと。

これでようやく力尽きたと、そう思える時がきたら。——その、いつかの時に、と。


「なんと、そのようなことが……」

話を聞き終えて、杢兵衛はしばし呆然としている。信じがたいという顔をしてから、みずからそれを打ち消すように、頭を振った。

「では、勝見青連は、今もここに」

思わずというように絵の中のその人物に指を伸ばしかけ、「いやいや」と慌てて引っ込めた。

「腕のよい職人はその作品に魂を籠めると言いますが、絵師も同様でしょう。が、まさか本当に本人の魂が絵に宿るとは」

どうやら青連を指して『幽霊が取り憑いた』という言い方はしたくなかったようだ。確かに、『魂が宿った』のほうがよほど聞こえがよい。

「それで、この絵をどうされますか」

こちらは憑くも宿るもどうでもよく、冬吾は平坦な口調でそう訊ねた。

「どうするとは」

「桂屋さんがこの絵を入手された時には、青連はすでにこの絵の中にいたということになります。他の霊が成仏してもとの状態に戻ったとはいえ、最初からいわくつきの品であったということだ。それでは手元に置くのはやはり気味が悪い、憚《はばか》られると仰《おつしや》るのでしたら、この絵はうちで引き取らせていただきますが」

考えるまでもないことのようだった。

「いいえ」

手放すつもりはないと、李兵衛は首を振った。

「これは私が望んだとおりの、もとの絵です。手に入れてから、心を躍らせて日々眺めていた絵です。なんの、気味の悪いことなどあるものですか。むしろこの絵をいっそう大切にせねばと思っておりますよ」

損ねぬよう、事情を知らぬ者の手に渡らぬよう、自分がこの絵を守っていくと、杢兵衛は言う。そうして時折は、たわむれに声をかけてもみましょう。けして応じてはもらえぬでしょうがと、老人は微笑んだ。

「それにしても、羨ましいことです」

杢兵衛の言葉に、るいは首をかしげた。思わず聞き返そうとして、先ほどの差し出口を思い出し、慌てて口を押さえる。

もちろんそれに気づいた杢兵衛は、るいに顔を向けて、うなずいた。

「青連は幸福なのでしょう。余人の賞賛も絵師としての栄誉も関係なく、生きるための難事に煩《わずら》わされることもなく、おのれがつくりあげた居場所でただただ好きな絵を描きつづけている。そうまでして描きたいという望みがあり、今それが叶っているのなら、これ以上の幸せはありますまい。それが、私には羨ましいのですよ」

そうか、とるいは思った。

（幸せなんだ……）

だからあんなに、屈託のない顔をして笑っていたんだ。あの人は、子供みたいに欲しいものだけを抱きしめて、あそこにいたんだ。

そうか。だから――。

青連の魂の宿るこの絵は、生きている者ばかりではなく、死んでいる者までも引きつけるほど、強い力を持ってしまったのだ。生者の目には、うっすらと光をおびるかのように。死者の目には、暗い黄泉路《よみじ》に明るく暖かく輝く灯火《ともしび》のように。

(……まあ、本人が中にいなくたって、綺麗な絵だとは思うけど)

できることなら、と最後に李兵衛は言った。

「私もその時がきたら、あの世に旅立つ前に、この絵の中に立ち寄ってみたいものです」

客人を見送ったあと、るいはあることが気になって、冬吾に言うべきかどうかを迷っていた。

実は、李兵衛が自分も絵の中に立ち寄りたいと言った時、るいは心密かに「そうしたら、今度はご隠居さんを探しに行かなきゃいけなくなるわ」となにげなく思い……そう思ったとたんに、ぎくりとした。

（でも、冬吾様に訊いたとして）

もしも冬吾が「その通りだ」とうなずいたら、どうしよう。そんな返事を聞くくらいなら、いっそ黙っていたほうがいいかもしれない。だけどこのままでは、不穏な予感がしてどうにも落ち着かない。

もしかすると、とるいは思う。

（この一件て、まだ解決していないんじゃないかしら）

「何をぶつぶつ言っている」

ふいに聞こえた声に、土間をウロウロと歩き回っていたるいは、飛び上がった。

李兵衛が帰った後、さっさと二階に引っ込んだはずの冬吾が、いつの間にかまた座敷にいて呆れたようにるいを見ていた。

「あ、冬吾様、あの……っ」

驚いたはずみで、つるりと言葉が出た。

「もしかしてあの絵、桂屋さんのあの絵は」

「どうかしたか」

「あのままだと、また幽霊を引き寄せるんじゃないですか？　それで、絵の中の人間がどんどんまた増えていくってことでは……っ？」

「その通りだ」

しまった。やっぱり訊くんじゃなかった。

「じゃあ、来年も桂屋のご隠居さんが絵を持ってきて、絵をもとどおりにしてくれって言い出すことも」

「可能性はある」

「そんなあ」

思わず上がり口にへたり込んで、頭を抱えたるいである。

そうすると来年の祭りも……いや、ヘタをするとこの先毎年、八幡様のお祭りの日は境内を駆けずり回って幽霊探しをする羽目になるのだろうか。

「ある意味、祭りを堪能しただろうが」

（ええ、くたくたになるまで走り回って堪能しましたとも）

でもるいだって、本当は他の人たちと同じように、今年の祭りをそりゃあ楽しみにしていたのだ。

「おい」

しょんぼりと肩を落としていると、冬吾が傍らに立って、手を出せと言った。

「はい？」

「両手を突き出してどうする。力士の張り手じゃあるまいし、掌《てのひら》を上だ」

言われた通りにすると、掌に何かが落ちてきた。

（これ……）

るいは目を丸くする。

三寸ほどの色鮮やかな紐に、幾つもの綺麗な玉や絹でつくった愛らしい花や、指の先ほどの小さな犬の人形が結んである。つるし、と呼ばれる縁起物の飾りだ。

「境内で売っていた。その店では特別に職人を呼んで作らせているそうだ」

「……これ、あたしに？」

「作蔵にやれとでも言うのか」

冬吾はふんと鼻を鳴らし、桂屋の仕事が今日で片付いたので、筧屋のおかみには今夜は祭りの膳を出せと言ってある——とも言った。

「どうせあの日は、疲れて飯どころではなかったからな」

「あ、ありがとうご――」

いつものことながら、るいが全部言い終える前に、冬吾はさっさと踵を返した。

土間に一人残されて、るいはもらったばかりのつるしを見つめた。

(どうしよう。すごく嬉しい)

こんな物で懐柔されるとは我ながら単純だと思うけれども、嬉しいものは嬉しくて、それがちょっと腹が立つ。

(まあ、いいか)

来年の祭りのことは、来年考えればいい。今から文句を言っていても仕方がない。

そしてもし、本当にまた幽霊の成仏に奔走する羽目になったら――そうだ、勝見青連に会いに行こう。あの不思議な絵の中の時刻と場所にもう一度行って、そうして一言、言ってやろう。

――あんたは幸せかもしれないけど、こっちはすごく大変なんだからね。

うん、そうしようと大きくうなずいて、るいは立ち上がる。

その手の中で、飾り物の綺麗な玉が、きらきらと揺れていた。

光文社文庫

文庫書下ろし

憑《つ》きものさがし　九十九字《つくもじ》ふしぎ屋《や》 商《あきな》い中《ちゅう》

著 者　霜《しも》 島《じま》 け い

2017年3月20日　初版1刷発行

発行者　鈴 木 広 和
印 刷　萩 原 印 刷
製 本　ナ シ ョ ナ ル 製 本

発行所　株式会社 光 文 社
〒112-8011　東京都文京区音羽1-16-6
電話 (03)5395-8149　編 集 部
8116　書籍販売部
8125　業 務 部

© Kei Shimojima 2017

落丁本・乱丁本は業務部にご連絡くだされば、お取替えいたします。
ISBN978-4-334-77447-9　Printed in Japan

JCOPY ＜(社)出版者著作権管理機構 委託出版物＞

本書の無断複写複製（コピー）は著作権法上での例外を除き禁じられています。本書をコピーされる場合は、そのつど事前に、(社) 出版者著作権管理機構（☎03-3513-6969、e-mail : info@jcopy.or.jp）の許諾を得てください。

組版　萩原印刷

本書の電子化は私的使用に限り、著作権法上認められています。ただし代行業者等の第三者による電子データ化及び電子書籍化は、いかなる場合も認められておりません。

光文社時代小説文庫　好評既刊

雪山冥府図　澤田ふじ子
花籠の櫛　澤田ふじ子
やがての螢　澤田ふじ子
はぐれの刺客　澤田ふじ子
冥府小町　澤田ふじ子
宗旦狐　澤田ふじ子
短夜の髪　澤田ふじ子
もどり橋　澤田ふじ子
青玉の笛　澤田ふじ子
城をとる話　司馬遼太郎
侍はこわい　司馬遼太郎
ぬり壁のむすめ　霜島けい
仇花斬り　庄司圭太
火焔斬り　庄司圭太
怨念斬り　庄司圭太
伝七捕物帳 新装版　陣出達朗
にんにん忍ふう　高橋由太

契り桜　高橋由太
出戻り侍 新装版　多岐川恭
忍び道 忍者の学舎開校の巻　武内涼
忍び道 利根川激闘の巻　武内涼
群雲、賤ヶ岳へ　岳宏一郎
寺侍市之丞 孔雀の羽　千野隆司
寺侍市之丞 西方の霊獣　千野隆司
寺侍市之丞 打ち壊し　千野隆司
寺侍市之丞 干戈の檄　千野隆司
落ちぬ椿　知野みさき
読売屋天一郎　辻堂魁
冬のやんま　辻堂魁
倅の了見　辻堂魁
向島綺譚　辻堂魁
笑う鬼　辻堂魁
千金の街　辻堂魁
ちみどろ砂絵 くらやみ砂絵　都筑道夫

からくり砂絵　あやかし砂絵　都筑道夫
きまぐれ砂絵　かげろう砂絵　都筑道夫
まぼろし砂絵　おもしろ砂絵　都筑道夫
ときめき砂絵　いなずま砂絵　都筑道夫
さかしま砂絵　うそつき砂絵　都筑道夫
女泣川ものがたり（全）　都筑道夫
辻占侍　左京之介控　藤堂房良
呪術師　藤堂房良
暗殺者　藤堂房良
死笛　鳥羽亮
秘剣水車　鳥羽亮
妖剣鳥尾　鳥羽亮
鬼剣蜻蜓　鳥羽亮
死顔　鳥羽亮
剛剣馬庭　鳥羽亮
奇剣柳剛　鳥羽亮
幻剣双猿　鳥羽亮

斬鬼嗤う　鳥羽亮
斬奸一閃　鳥羽亮
あやかし飛燕　鳥羽亮
鬼面斬り　鳥羽亮
刀圭　中島要
ひやかし　中島要
晦日の月　中島要
ないたカラス　中島要
風と龍　中谷航太郎
流々浪々　中谷航太郎
再問役事件帳　鳴海丈
かどわかし　鳴海丈
光る女　鳴海丈
黒門町伝七捕物帳　縄田一男編
こころげそう　畠中恵
よろづ情ノ字薬種控　花村萬月
薩摩スチューデント、西へ　林望

光文社時代小説文庫　好評既刊

天網恢々　林望
まやかし舞台　早見俊
魔笛の君　早見俊
悪謀討ち　早見俊
若殿討ち　早見俊
道具侍隠密帳　四つ巴の御用　早見俊
囮の御用　早見俊
獣の涙　早見俊
天空の御用　早見俊
でれすけ忍者　幡大介
でれすけ忍者　江戸を駆ける　幡大介
でれすけ忍者　雷光に慄く　幡大介
夏宵の斬　幡大介
彩四季・江戸慕情　平岩弓枝監修
雪月花・江戸景色　平岩弓枝監修
たそがれ江戸暮色　平岩弓枝監修
夕まぐれ江戸小景　平岩弓枝監修

しのぶ雨江戸恋慕　平岩弓枝監修
萩供養　平谷美樹
お化け大黒　平谷美樹
丑寅の鬼　平谷美樹
坊主金　藤井邦夫
鬼夜叉　藤井邦夫
見殺し　藤井邦夫
見聞組　藤井邦夫
始末屋　藤井邦夫
綱渡り　藤井邦夫
彼岸花の女　藤井邦夫
田沼の置文　藤井邦夫
隠れ切支丹　藤井邦夫
河内山異聞　藤井邦夫
政宗の密書　藤井邦夫
家光の陰謀　藤井邦夫
百万石遺聞　藤井邦夫

光文社時代小説文庫　好評既刊

忠臣蔵秘説　藤井邦夫
御刀番 左京之介 妖刀始末　藤井邦夫
来国俊　藤井邦夫
数珠丸恒次　藤井邦夫
虎徹入道　藤井邦夫
五郎正宗　藤井邦夫
白い霧　藤原緋沙子
桜雨　藤原緋沙子
密命　藤原緋沙子
すみだ川　藤原緋沙子
つばめ飛ぶ　藤原緋沙子
雁の宿　藤原緋沙子
花の闇　藤原緋沙子
螢籠　藤原緋沙子
宵しぐれ　藤原緋沙子
おぼろ舟　藤原緋沙子
冬桜　藤原緋沙子

春雷　藤原緋沙子
悪滅の剣　牧秀彦
若木の青嵐　牧秀彦
宵闇の破嵐　牧秀彦
朱夏の涼嵐　牧秀彦
黒冬の炎嵐　牧秀彦
青春の雄嵐　牧秀彦
柳生一族　松本清張
逃亡 新装版（上・下）　松本清張
三国志激戦録　三好徹
ある侍の生涯　村上元三
加賀騒動 新装版　村上元三
陣幕つむじ風　村上元三
きりきり舞い　諸田玲子
だいこん　山本一力
盗人奉行お助け組　吉田雄亮
家宝失い候　吉田雄亮

光文社時代小説文庫　好評既刊

弥勒の月　あさのあつこ
夜叉桜　あさのあつこ
木練柿　あさのあつこ
東雲の途　あさのあつこ
冬天の昴　あさのあつこ
ちゃらぽこ　真っ暗町の妖怪長屋　朝松　健
ちゃらぽこ　仇討ち妖怪皿屋敷　朝松　健
ちゃらぽこ　長屋の神さわぎ　朝松　健
ちゃらぽこ　フクロムジナ神出鬼没　朝松　健
うろんもの　朝松　健
包丁浪人　芦川淳一
卵とじの縁　芦川淳一
仇討献立　芦川淳一
淡雪の小舟　芦川淳一
うだつ屋智右衛門　縁起帳　井川香四郎
恋知らず　井川香四郎
くらがり同心裁許帳　精選版　井川香四郎

縁切り橋　井川香四郎
夫婦日和　井川香四郎
見返り峠　井川香四郎
花の御殿　井川香四郎
彩り河　井川香四郎
ぼやき地蔵　井川香四郎
裏始末御免　井川香四郎
おっとり聖四郎事件控　井川香四郎
情けの露　井川香四郎
あやめ咲く　井川香四郎
落とし水　井川香四郎
鷹の爪　井川香四郎
天狗姫　井川香四郎
甘露の雨　井川香四郎
菜の花月　井川香四郎
幻海　The Legend of Ocean　伊東　潤
城を噛ませた男　伊東　潤

光文社時代小説文庫　好評既刊

巨鯨の海　伊東潤
裏店とんぼ　稲葉稔
糸切れ凧　稲葉稔
うろこ雲　稲葉稔
うらぶれ侍　稲葉稔
兄妹氷雨　稲葉稔
迷い鳥　稲葉稔
おしどり夫婦　稲葉稔
恋わずらい　稲葉稔
江戸橋慕情　稲葉稔
親子の絆　稲葉稔
濡れぎぬ　稲葉稔
こおろぎ橋　稲葉稔
父の形見　稲葉稔
縁むすび　稲葉稔
故郷がえり　稲葉稔
剣客船頭　稲葉稔

天神橋心中　稲葉稔
思川契り　稲葉稔
妻恋河岸　稲葉稔
深川思恋　稲葉稔
洲崎雪舞　稲葉稔
決闘柳橋　稲葉稔
本所騒乱　稲葉稔
紅川疾走　稲葉稔
浜町堀異変　稲葉稔
死闘向島　稲葉稔
どんど橋　稲葉稔
みれん堀　稲葉稔
別れの川　稲葉稔
橋場之渡　稲葉稔
戯作者銘々伝　井上ひさし
馬喰八十八伝　井上ひさし
おくうたま　岩井三四二